rowohlts monographien
begründet von Kurt Kusenberg
herausgegeben
von Wolfgang Müller und Uwe Naumann

Anton Čechov

mit Selbstzeugnissen
und Bilddokumenten
dargestellt von
Elsbeth Wolffheim

geb. 17.1. 1860
gest. 2. (15.) 7. 1904

Rowohlt

Dieser Band wurde eigens für «rowohlts monographien» geschrieben
Den Anhang besorgte die Autorin
Herausgeber: Kurt und Beate Kusenberg
Assistenz: Erika Ahlers
Umschlagentwurf: Werner Rebhuhn
Vorderseite: Anton Čechov, April 1897. Fotografie (Éditions du Seuil)
Rückseite: Drei Schwestern. Probenfoto aus einer Aufführung
des Hamburgischen Schauspielhauses. Marlen Diekhoff als Olga,
Hildegard Schmahl als Maša und Angelika Thomas als Irina.
Foto: Helga Kneidl

Veröffentlicht im Rowohlt Taschenbuch Verlag GmbH,
Reinbek bei Hamburg, August 1982
Copyright © 1982 by Rowohlt Taschenbuch Verlag GmbH,
Reinbek bei Hamburg
Alle Rechte an dieser Ausgabe vorbehalten
Satz Times (Linotron 404)
Gesamtherstellung Clausen & Bosse, Leck
Printed in Germany
ISBN 3 499 50307 7

7. Auflage Juli 2001

Inhalt

Anton Pavlovič Čechov. Zeichnung von Ivan Stepanovič Panov

Kindheit und Jugend

Geboren wurde ich 1860 in Taganrog. 1879 beendete ich das Gymnasium in Taganrog. 1884 beendete ich das Studium an der Medizinischen Fakultät der Universität Moskau. 1888 bekam ich den Puškinpreis. 1890 unternahm ich eine Reise nach Sachalin durch Sibirien und zurück übers Meer. 1891 unternahm ich eine Tournee durch Europa, wo ich sehr guten Wein getrunken und Austern gegessen habe ... Zu schreiben begann ich 1879 in der «Strekoza» ... Ich habe auch im dramatischen Fach gesündigt, wenn auch mit Maßen ... In die Mysterien der Liebe eingeweiht wurde ich, als ich 13 Jahre alt war. Mit meinen Kollegen – Medizinern wie Literaten – pflege ich ausgezeichnete Beziehungen. Junggeselle.[1]*

Diese betont lapidare Kurzbiographie verfaßte Anton Čechov im Jahre 1892 auf Wunsch eines ihm befreundeten Zeitschriftenredakteurs. Da war er 32 Jahre alt und genoß bereits literarischen Ruhm über Rußlands Grenzen hinaus. In diesen komprimierten Zeilen sind fast alle wichtigen Lebensdaten vermerkt, ausgenommen ein gravierendes Faktum, über das er sich und seine Umwelt ständig hinwegzutäuschen suchte: seine Krankheit, deren erste Symptome sich schon acht Jahre zuvor gezeigt hatten. Čechov litt an Tuberkulose, die sich zum erstenmal 1884 durch einen heftigen Blutsturz ankündigte. An diesem zu damaliger Zeit unheilbaren Leiden starb er vierundvierzigjährig im Juli 1904 im deutschen Kurort Badenweiler.

Daß er die Tragweite seiner Krankheit herunterspielen wollte, gehört zum Charakterbild eines Mannes, der seine Umwelt, sogar die engsten Angehörigen, stets über sich selber im unklaren ließ. Und zwar in jedem Betracht. Er haßte persönliche Bekenntnisse. Und so gibt es nur wenige Äußerungen von ihm, die als ungeschminkte private Selbstaussagen gelten können. Tagebücher sind nicht erhalten, vermutlich auch nie geschrieben worden. Statt dessen gibt es ein paar Notizbücher, in die er kaum Persönliches eintrug. Hier sammelte er – «wie Trigorin in der *Möwe* – Sujetskizzen, Gehörtes, witzige Aussprüche, komische Namen, Versprecher, Ausdrücke, die er in seinen Stücken und Erzählungen einmal verwenden wollte»[2].

---

* Die hochgestellten Ziffern verweisen auf die Anmerkungen S. 137f.

Erhalten sind nur Notizbücher aus den Jahren 1891 bis 1904. Es finden sich jedoch mehrfach Hinweise, daß Čechov auch in den Jahren davor Notizbücher benutzt hat. So erinnert sich ein Moskauer Freund, Konstantin Korovin, wie er im Jahre 1889 mit Čechov und einem Maler spazierenging und plötzlich auf einen betrunkenen Studenten stieß. Als dieser die drei zu beschimpfen begann, holte Čechov sein Notizbuch heraus und notierte eilig, was der Betrunkene grölte.[3]

Persönlicher ist, natürlich, seine Korrespondenz, die über 4350 Briefe, Karten und Telegramme enthält. Sie verraten nicht selten einiges über den Gemütszustand des Verfassers, aber auch sie sind meist vorsichtig und zurückhaltend formuliert, demonstrieren die Vorliebe Čechovs fürs Understatement. Das gilt – zumal in den letzten Lebensjahren – für Mitteilungen über seinen Gesundheitszustand, die meist beschwichtigend, oft sogar optimistisch klingen, aber auch für Notate über sein seelisches Befinden. Niemand, auch die nächsten Verwandten nicht, ahnte, was in ihm vorging. Diese lebenslang geübte Zurückhaltung unterscheidet ihn erheblich von seinen Landsleuten, gehört doch extrovertierter Bekenntnisdrang zum Nationalcharakter der Russen. Aber fanatische Selbstentblößung, wie sie zum Beispiel die Tagebücher Tolstojs oder die Briefe Dostoevskijs kennzeichnet, war Čechov fremd, ja konträr. Darin, aber nicht nur darin, war er so unrussisch wie keiner seiner Zeitgenossen.

Als Dreiundzwanzigjähriger schreibt er an seinen ältesten Bruder Aleksandr, der den Wunsch geäußert hatte, sich mit seinen Geschwistern über seine Eheprobleme auszusprechen: *Lebe Dein Leben und Amen... Ich an deiner Stelle würde, wäre ich verheiratet, niemandem auch nur eine Meinung darüber gestatten, nicht einmal den Wunsch, mich zu verstehen. Das ist mein «Ich», mein Departement...*[4]

Verschlossen, zurückhaltend, ja sogar «glatt» erschien er den meisten Altersgenossen, die diese Kontenance übrigens sehr unterschiedlich bewerteten. Entscheidungen traf er, ohne sich mit jemandem zu beraten. Niederlagen, Konflikte trug er allein aus. Die Hemmung oder mangelnde Bereitschaft, sich anderen zu offenbaren, seine Gefühle preiszugeben, hatte sich schon in früher Kindheit herausgebildet. Sie hängt gewiß mit den düsteren Erfahrungen zusammen, die er in seinem Elternhaus gemacht hat. Eine bezeichnende Anekdote, die der jüngere Bruder Michail überliefert, sagt mehr über Čechovs Charakter aus als breite Kommentare. Vorausgeschickt werden muß: die Familie Čechov lebte in äußerster Armut, die auch vor den Mitbewohnern der kleinen Stadt Taganrog kaum zu verbergen war. Čechov verdiente sich als Kind bisweilen ein Taschengeld, indem er wilde Vögel fing und sie auf dem Markt verkaufte. «Eines Tages», so erzählt sein Bruder, «kaufte er sich eine lebende Ente, und als wir nach Hause gingen, kniff und zwackte er die Ente die ganze Zeit, so daß sie gewaltig quakte. ‹Sollen die doch alle wissen›, sagte er, ‹daß wir auch Enten essen.›»[5] Hinter dem Schutzmantel solcher Camouflagen verbarg er schon als Kind seine Depressionen über die alltägliche Misere, und genauso kaschierte er auch in späteren Jahren seine Bedrückungen.

Der Arzt Altšuller, der Čechov in dessen letzten Lebensjahren betreute, versichert, sein Patient habe sich immer so verhalten, daß «nichts an die Krankheit erinnern, daß sie niemandem auffallen sollte. So hatte er sich eine besondere Redeweise angewöhnt, indem er, ohne die Stimme zu heben, langsam sprach ...» Auf die Frage nach seinem Ergehen habe er meist geantwortet: «Im Moment gut, ich bin fast gesund – nur der Husten!»[6] So verteidigte er sein «Ich» – sein «Departement» vor der Zudringlichkeit, aber auch vor dem Mitgefühl seiner Umwelt. Und nichts charakterisiert Čechov so sehr wie eben diese Neigung zum Maskenspiel, zur Camouflage, zum Understatement. Betrachtet man die äußeren Lebensumstände seiner Kindheit, dann wird einem klar, daß es bei seiner ungeheuren Sensibilität gar keine andere Möglichkeit der Rettung, der Selbstentfaltung für ihn gab.

Geboren wurde er also in Taganrog, einer Hafenstadt am Asovschen Meer, im Süden Rußlands. In unmittelbarer Nähe von Taganrog verläuft die Grenze zur Ukraine, auch Kleinrußland genannt. Indes: selbst wenn sich Čechov ab und zu kleinrussischer Trägheit bezichtigte – er war keineswegs ein typischer Ukrainer wie etwa Gogol. Vielmehr stammten sei-

Das Geburtshaus in Taganrog

ne Eltern aus Zentralrußland, und im Hause Čechov wurde Russisch, nicht aber Ukrainisch gesprochen. Überdies war in der Hafenstadt Taganrog ein buntes Völkergemisch ansässig, zu dem auch eine große griechische Kolonie gehörte. So waren die Eindrücke, die er in der Kindheit aus seiner Umgebung empfing, weder spezifisch russisch noch spezifisch ukrainisch, sondern sehr mannigfaltig.

Čechov hat seine Vaterstadt nie geliebt, was sicher großenteils zu Lasten seiner Kindheitserfahrungen geht. Auch nachträglich konnte er seinem Geburtsort nichts Gutes abgewinnen, schreibt er doch 1887 (er war inzwischen nach Moskau übergesiedelt), anläßlich eines Besuchs in Taganrog: *Das reine Asien! Solch ein Asien ringsum, daß ich meinen Augen nicht traue! 60000 Einwohner beschäftigen sich damit, daß sie essen, trinken, sich paaren, andere Interessen – keine ... Wohin man schaut, überall Osterbrote, Eier, Santuriner, Säuglinge, aber nirgends Zeitungen oder Bücher ... Die Stadt ist in jeder Beziehung schön gelegen, das Klima herrlich, Früchte der Erde in Hülle und Fülle, aber die Bewohner sind träge, träge ... Alle sind musikalisch, mit Phantasie begabt, mit Geist, sind nervös, sensibel, aber all das geht sinnlos zugrunde ... Es gibt weder Patrioten, noch Sachkundige, noch Dichter, nicht einmal anständige Bäcker!*[7]

Um der ungeistigen Atmosphäre wenigstens etwas abzuhelfen, stiftete Čechov später seiner Vaterstadt eine große Menge Bücher für eine öffentliche Bibliothek. Im übrigen aber waren seine Beziehungen zu diesem Stück «Asien» sehr locker. Gleichwohl hatte er hier fast die Hälfte seines kurzen Lebens zu verbringen. Hierher war der Vater als neunzehnjähriger Kaufmannslehrling gekommen, hier hatte er geheiratet und eine Familie gegründet. Der Vater, Pavel Egorovič, war bei seiner Geburt noch Leibeigener und erst als Sechzehnjähriger von seinem eigenen Vater für eine beträchtliche Summe freigekauft worden. Auch Čechovs Großvater, der eigentlich Čech hieß, war Leibeigener gewesen; er wurde, nachdem er sich und seine Familie freigekauft hatte, Gutsverwalter bei einem Grafen, dessen riesige Ländereien etwa 60 Verst von Taganrog entfernt waren.

1857, drei Jahre nach seiner Eheschließung, übernahm Čechovs Vater einen eigenen Laden und wurde «Kaufmann der dritten Gilde», also Kramwarenhändler. Nicht nur alles, was zum praktischen Bedarf gehörte, wurde in diesem Laden verkauft: auch Vodka wurde, nicht ganz legal, hier ausgeschenkt. Da Čechov, wie seine beiden älteren Brüder, Aleksandr und Nikolaj, ihre ganze Freizeit in diesem dunklen, stickigen Laden verbringen mußten, waren sie tagtäglich allen möglichen skurrilen, aber auch scheußlichen Situationen ausgesetzt. Das Degradierende dieser Kleinbürgerexistenz, der Muffigkeit und Enge, der Armut, hat Čechov lange Zeit angehangen. Mit beinahe 30 Jahren gesteht er, daß er die Demütigungen seiner Kindheit erst allmählich überwunden habe.

Was die adeligen Schriftsteller von der Natur umsonst bekommen haben,

Der Vater: Pavel Egorovič Čechov

das erkaufen sich die Raznočinzen (d. h. nicht zum Adel gehörig) *mit dem Preis ihrer Jugend. Schreiben Sie doch mal eine Erzählung darüber, wie ein junger Mensch, Sohn eines Leibeigenen, seinerzeit Ladenschwengel, Kirchensänger, Gymnasiast und Student, erzogen zur Ehrfurcht vor Ranghöheren, zum Küssen von Popenhänden, zur Verbeugung vor fremden Gedanken, zur Dankbarkeit für jedes Stückchen Brot, oft verprügelt, ohne Galoschen zum Unterricht gegangen, der sich geprügelt hat, Tiere gequält hat, gern bei reichen Verwandten gegessen hat, ohne Notwendigkeit geheuchelt hat vor Gott und den Menschen, nur aus dem Bewußtsein seiner Minderwertigkeit – schreiben Sie, wie dieser junge Mensch tropfenweise den*

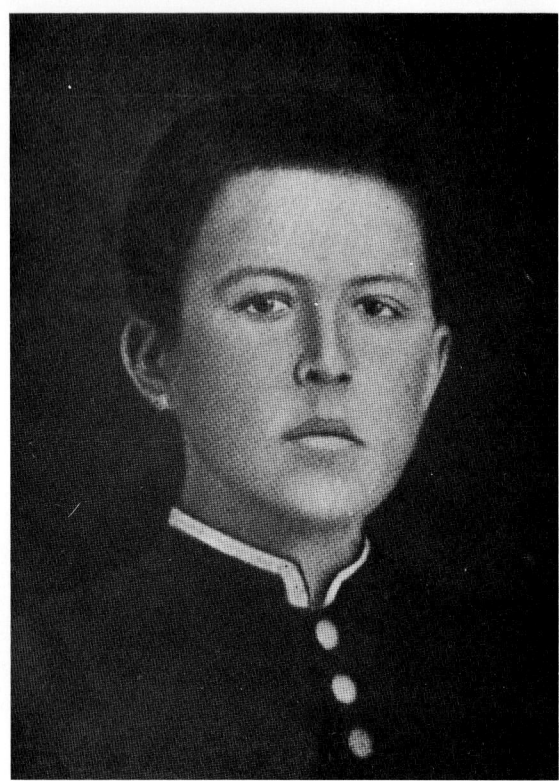

Als fünfzehnjähriger Schüler, 1875

*Sklaven aus sich herauspreßt und wie er eines schönen Morgens aufwacht
und spürt, in seinen Adern fließt kein Sklavenblut mehr, sondern echtes,
menschliches ...*[8]

Dieses Bekenntnis entstammt einem Brief aus dem Jahre 1889, ist also
aus einer großen Distanz heraus formuliert. Als er es schrieb, waren die
Versehrungen weitgehend verheilt. Doch in der Kindheit, als ihn Armut
und Zurücksetzungen unmittelbar preßten, war der Makel seiner Herkunft ihm täglich vor Augen, zum Beispiel in der Schule. Čechovs Vater,
der bestrebt war, seinen zahlreichen Kindern – fünf Söhne und eine Tochter erreichten das Erwachsenenalter – eine möglichst gründliche Bildung
zukommen zu lassen, schickte auch Anton, den dritten Sohn, aufs Gymnasium, zunächst auf eine griechische Schule, die als Prominentenschule
galt. Doch die Mitschüler, Söhne reicher Kaufleute, stießen den Jungen
durch ihre Brutalität ab; die Willkür der Lehrer und Verständigungspro-

bleme taten ein übriges, so daß sich Anton hier absolut unglücklich fühlte. 1869 kam er in die Vorbereitungsklasse des städtischen Gymnasiums, ein Jahr darauf wurde er hier offiziell eingeschult. Abgesehen davon, daß er Schwierigkeiten mit den klassischen Sprachen hatte und nie ein guter Schüler war, spürte er auch hier die Diskriminierung, die seiner Herkunft galt. Aus übereinstimmenden Äußerungen von Klassenkameraden resümiert Alexander von der Ley die besonders widerwärtigen Rankünen des Religionslehrers, eines Oberpriesters: «Das Gymnasium war doch nur für ‹Privilegierte› bestimmt, für ‹vollwertige Menschen›, und dazu zählten die Leibeigenen ... keineswegs. Anton war auch jetzt noch in den Augen der alten Gesellschaftsschicht nichts mehr und nichts weniger als ... ein Eindringling in eine Sphäre, in die er nicht hineingehörte. Das ließ der Oberpriester ... den Schüler Anton oft und deutlich fühlen, indem er ihn in der Klasse mit dem Familiennamen seines Großvaters ... als dieser noch Leibeigener war und Čech hieß, aufrief ... Mit gedehnter Stimme pflegte er zu rufen: ‹Če-ch-on-te!»[9] Es gehört zu den Merkwürdigkeiten von Čechovs Biographie, daß er gerade diesen Namen, mit dem er vor der ganzen Klasse gehänselt wurde, später als Pseudonym benutzt. Jahrelang unterzeichnete er seine Erzählungen in verschiedenen Zeitschriften mit «Antoša Čechonte». Die einstige Diskriminierung nicht zu verdrängen, sich ihr vielmehr zu stellen und in das sorgsam eingeübte Maskenspiel einzubeziehen, ist einerseits ein Beweis von großer psychischer Energie, deutet zugleich aber auch auf den Vorsatz der Selbstbestrafung. Und tatsächlich beharrte Čechov – trotz starker Vorhaltungen seiner literarischen Freunde und Bewunderer – darauf, dieses Pseudonym so lange beizubehalten, bis er selber seinen literarischen Ansprüchen genügte.

Herabsetzungen, Demütigungen erlebte er nicht nur im Schulalltag, erst recht litt er unter den Repressionen im Elternhaus. Čechovs Vater war jähzornig, grob und behandelte seine Angehörigen mit extremer Strenge. Die Kinder wurden beinahe täglich verprügelt, sie mußten morgens um 5 Uhr aufstehen, noch vor Schulbeginn im Laden helfen, nach dem Unterricht ebenfalls, so daß sie für ihre Schulaufgaben kaum Zeit fanden. Dazu war es im Winter eiskalt in dem Kellerladen, wo sogar die Tinte gefror. Bis spät in den Abend hinein bedienten die drei Brüder Kunden, zusammen mit jungen Lehrlingen, die gleichfalls verprügelt wurden von ihrem Patron und manchmal vor Erschöpfung im Stehen einschliefen. Der Vater selber hielt sich nicht allzu oft in seinem Laden auf. Er engagierte sich mit fanatischem Eifer im kirchlichen Leben, leitete den Kirchenchor, in dem auch seine Söhne singen mußten, malte Ikonen und interessierte sich für alle möglichen öffentlichen Angelegenheiten: mit dem Resultat, daß sein Geschäft immer weniger abwarf.

Die Bigotterie des Vaters war nicht nur Ursache der Armut, sondern eine Quelle zusätzlicher Qualen für die Kinder. Nach Auskunft eines Biographen sah jeder Sonntag im Hause Čechovs etwa so aus: «Nach der

Heimkehr vom Morgengottesdienst trank man Tee, dann versammelte Pavel Egorovič die Seinen vor dem Heiligenbild, das in der Zimmerecke hing, und las ein Gebet an die Mutter Gottes. War dieses beendet, läuteten bereits die Glocken der nahegelegenen Kirche zum Vormittagsgottesdienst. Einer der älteren Söhne ... mußte sich jetzt mit dem Handlungsgehilfen entfernen, um den Laden aufzusperren und die Kunden zu bedienen. Die übrigen Kinder mußten mit dem Vater wieder zur Kirche gehen.»[10]

Noch peinlicher aber war für Čechov die Verpflichtung, im Kirchenchor mitsingen zu müssen. Denn der Vater war ein sehr autoritärer Chorleiter, und seine Kinder waren meist so übermüdet bei den Proben, daß sie sich kaum konzentrieren konnten, woraufhin sie mit dem Geigenbogen auf den Kopf geschlagen wurden. Es ist erstaunlich, daß Čechov bei diesem despotischen Regiment des Vaters keine Phobie gegen jede Form von Religiosität entwickelte, sondern sich zu indifferenter Distanz durchrang, die er lebenslang beibehielt. Was er selber als etwa Dreißigjähriger über seine christliche Erziehung zu berichten weiß, deutet freilich noch auf tiefe Beschädigungen:

Ich habe als Kind eine religiöse Bildung erhalten und eine ebensolche Erziehung – mit Kirchengesang, Apostelgeschichte und Psalmen in der Kirche, mit regelmäßigem Besuch der Morgenmesse, mit der Pflicht, am Altar zu helfen und die Glocken zu läuten. Und? Wenn ich jetzt an meine Kindheit zurückdenke, dann erscheint sie mir ziemlich finster; eine Religion habe ich heute nicht. Wissen Sie, wenn ich manchmal mit meinen beiden Brüdern mitten in der Kirche das Trio «Er richte sich auf» oder «Stimme des Erzengels» sang, dann sahen uns alle voller Rührung an und haben meine Eltern beneidet, wir dagegen haben uns gefühlt wie kleine Katorgasträflinge.[11]

Im Gegensatz zum Vater muß die Mutter – nach übereinstimmendem Urteil der Freunde und Verwandten – sehr warmherzig und liebevoll gewesen sein; nur konnte sie sich gegen den despotischen Ehemann nicht zur Wehr setzen und auch ihre Kinder nicht vor seinen Züchtigungen schützen. Da sie zudem in einem so großen Haushalt mit Arbeit überlastet war, konnte sie sich den Kindern kaum widmen. Viel Zuwendung hat Čechov in seiner Kindheit also auch von ihr nicht erfahren; sonst hätte er nicht sehr viel später einem Freund gegenüber bekannt: *Ich bin als Kind so wenig gestreichelt worden, daß ich jetzt, wo ich erwachsen bin, Freundlichkeiten als etwas Ungewohntes, nur selten Erlebtes aufnehme.*[12]

Insgesamt äußert sich Čechov über seine Familie und seine Kindheit nur selten und meist sehr lakonisch. Es steht zu vermuten, daß er das meiste in sich verschlossen, alle Enttäuschungen, Ängste und Beleidigungen in sein «Departement» verbannt hat. Nur ab und an, so in einem Brief an den ältesten Bruder, kommt überdeutlich zum Ausdruck, wie sehr ihn der Despotismus des Vaters verstört hat, übrigens auch der Mutter gegen-

Die Mutter: Evgenija Jakovlevna Čechova

über. *Ich bitte Dich, Dich daran zu erinnern, daß Despotismus und Lüge die Jugend Deiner Mutter zugrundegerichtet haben. Despotismus und Lüge haben unsere Kindheit dermaßen vergällt, daß einem schlecht wird und man Angst hat, sich daran zu erinnern. Erinnere Dich an das Entsetzen und den Ekel, die wir empfanden, wenn Vater damals beim Essen einen Aufstand machte wegen einer versalzenen Suppe oder Mutter eine dumme Kuh nannte.*[13]

Ekel, Entsetzen, Angst, sich daran zu erinnern – das sind Formulierungen, die aus der ihm sonst geläufigen Diktion herausfallen. Im allgemeinen hütet er sich vor starken Worten. Daß er sie hier benutzt ist ein Indiz dafür, wie nachhaltig er in seiner Kindheit verletzt wurde. Das konnte er nicht vertuschen oder verwischen, wohl aber umsetzen: Čechov wurde schon in seinen Jünglingsjahren das absolute Gegenbild des Vaters. Anders als seine beiden älteren Brüder (Aleksandr war aggressiv und verfiel phasenweise dem Alkohol; Nikolaj, ein begabter Maler, litt an Antriebs-

15

schwäche) reagierte Anton die aufgestauten Aggressionen nicht durch Labilität ab, rettete sich nicht in verlogene Duckmäuserei, verharrte nicht in der Defensive, sondern erfand sich ein eigenes Lebensmodell. Wo der Vater sich vor seinen familiären Verpflichtungen drückte, kam der Sohn diesen in vollem Umfang nach: von seinem zwanzigsten Lebensjahr an bestritt er den Lebensunterhalt für seine Eltern und Geschwister nahezu ganz allein, mit seiner journalistischen Arbeit bei diversen Zeitschriften. Wo der Vater seine Familie durch Grobheit und Strenge schikanierte, machte der Sohn sie durch besondere Freundlichkeit wett. Wo der Vater sich mit Halbherzigkeit und Verlogenheit durchlavierte, reagierte der Sohn mit extremer Aufrichtigkeit. Zug um Zug entwickelte er ganz spezifische Abwehrmechanismen, die seine psychische Struktur prägten. Möglich, daß er sich dabei letztlich übernahm, daß diese seelische Überanstrengung ihn schließlich doch schwächte und damit den Boden bereitete für die tödliche Krankheit – aber das muß Spekulation bleiben.

Jedenfalls konnte er die Übermacht des Vaters allmählich demontieren. Verblüffend aber bleibt, daß Worte des Hasses gegen den Vater nirgends anklingen. Die nur zu begreifliche Wendung «Ich habe ihn gehaßt» sucht man in den Briefen vergeblich, ja später vermochte er sich sogar zu verständnisvoller Souveränität durchzuringen. Bezeichnenderweise endet die oben zitierte Passage, in der er sich bei seinem Bruder über die Despotie des Vaters beklagt, mit dem Satz: *Vater kann sich das heute noch nicht verzeihen.* Das ist möglicherweise eine Projektion, dann sagt sie dennoch sehr viel aus über die Fähigkeit des Sohnes, sich von diesen traumatischen Erfahrungen zu distanzieren.

Die Distanz zu seinen Kindheitsängsten gewann er zum Teil auch dadurch, daß er sie später – wenngleich sehr selten – in die Literatur transponierte. So ist die folgende Passage aus dem Kurzroman [14] *Drei Jahre* ganz gewiß autobiographisch gefärbt:

Ich entsinne mich: mein Vater begann mich zu unterrichten oder, einfacher gesagt, zu prügeln, da war ich noch keine fünf Jahre. Er züchtigte mich mit Ruten, zog mich an den Ohren, schlug mich auf den Kopf, und jeden Morgen, wenn ich aufwachte, dachte ich zuallererst: Wird man mich heute prügeln? Zu spielen und ausgelassen zu sein war mir … verboten; wir mußten zur Frühmesse und zum Mittagsgottesdienst gehen, den Popen und Mönchen die Hände küssen, zu Hause die Lobgesänge lesen … Wenn ich an einer Kirche vorbeigehe, fällt mir meine Kindheit ein und mir wird unheimlich zumute. [15]

Rekapituliert man die kargen Angaben über seine Kindheit, so hat man sich vorzustellen: ein ewig übermüdetes Kind in ständiger Angst vor dem Vater, das dessen religiösen Fanatismus als Heuchelei empfindet, ein in der Schule gedemütigter und selten ausreichend präparierter Schüler, der auch prompt im zwölften und fünfzehnten Lebensjahr sitzenbleibt, weil er die Vorprüfung im Griechischen nicht besteht, der darunter leidet, daß die eigene Mutter unterdrückt wird, der kaum Freizeit hat, also keine Zeit zum Spielen und Toben – mit einem Wort: eine absolut kinderfeindliche Kindheit, in der es fast keine Freiräume gab.

Eine Unterbrechung dieses trostlosen Alltags hat sich dem Kind besonders eingeprägt: Im Sommer 1872 durfte der Zwölfjährige seinen Großvater, den er sehr liebte, besuchen. Die Reise durch die ukrainische Steppe zu den Platovschen Gütern, wo der Großvater als Verwalter arbeitete, war abenteuerlich genug. Čechov reiste mit Fuhrleuten tagelang durch die Steppe, saß abends mit ihnen beim Feuer, aß mit ihnen aus einem großen Kessel, hörte ihren Geschichten zu. Die Eindrücke dieser Reise waren so nachhaltig, daß er sie später in seiner berühmten Erzählung *Die Steppe* festhielt. Die Landschaft, wie Čechov sie hier, teilweise aus der Perspektive eines zwölfjährigen Jungen, schildert, wirkt in ihrer Mischung aus kindlichen Projektionen und Anthropomorphismen beinahe bedrohlich: *Kaum ist die Sonne untergegangen und die Erde in Finsternis gehüllt, da ist die Schwermut des Tages vergessen und verziehen, und die Steppe atmet leicht, aus voller Brust. Wohl weil das Gras im Dunkeln sein eigenes Alter nicht gewahrt, stimmt es ein heiteres und frisches Zirpen an, wie niemals am Tage; Knistern, Pfeifen, Kratzen und dazu die Bässe, Tenöre und Diskante der Steppe – das alles verschmilzt zu einem ununterbrochenen eintönigen Brausen, bei dem man sich so schön in Erinnerungen wiegen und wehmütigen Gedanken nachhängen kann. Das monotone Zirpen wirkt einschläfernd wie ein Wiegenlied; man fährt und spürt, wie man einschläft, da hallt von irgendwoher der abgerissene aufgeregte Schrei eines noch nicht schlafenden Vogels ... In der Dämmerung ist alles zu sehen, nur die Farben und Umrisse der Gegenstände sind schwer zu unterscheiden. Alles scheint anders, als es ist. Man fährt und sieht plötzlich vorn am Weg eine Silhouette stehen, die an einen Mönch erinnert, er bewegt sich nicht, hält etwas in der Hand und scheint zu warten ... Ob das nicht ein Räuber ist? Die Gestalt nähert sich, wächst, schon hat sie die Kalesche erreicht und man sieht, es ist kein Mensch, sondern ein einzelner Strauch oder ein großer Stein. Solche unbeweglich wartenden Gestalten stehen auf den Hügeln, verstecken sich hinter den Hünengräbern oder schauen aus dem Gesträpp hervor, und alle haben sie Ähnlichkeit mit Menschen und erwecken Mißtrauen.*[16]

Diese Passage aus der 1888 geschriebenen Erzählung *Die Steppe* ist aufschlußreich in mehrfacher Hinsicht: Einmal zeigt sie viele charakteristische Elemente von Čechovs Kunst der Naturbeschreibung, die einzelne Details genau benennt und die generalisierende Gesamtschau meidet. Zum andern wird dem Eindruck des Idyllischen bewußt entgegengearbeitet. Fast unmerklich sind dabei die Übergänge vom anthropomorphistischen Naturempfinden, dem der Erzähler in seiner Reifezeit zuneigte, zu den kindlichen Suggestionen, die ebenfalls auf eine Vermenschlichung der Natur deuten, diesmal freilich durch angstbesetzte Wahnvorstellungen erzeugt. Für das kindliche Verhalten ist es zwar typisch, die nächt-

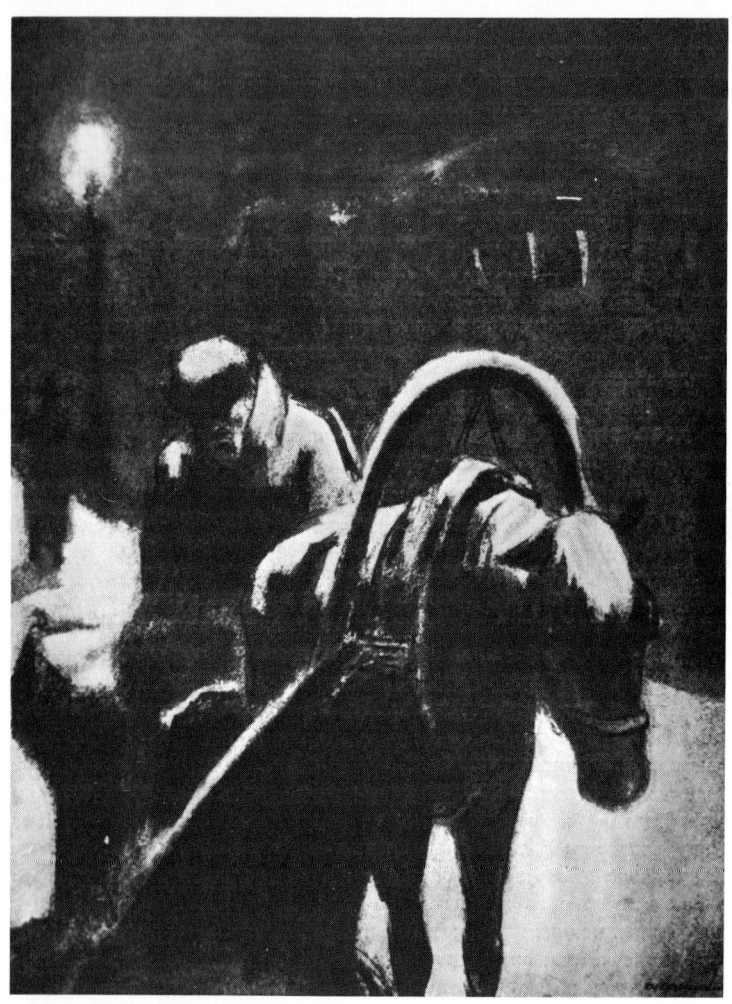

Illustration zur «Steppe»

liche Natur als etwas Unheimliches zu empfinden. Hier aber kommt noch etwas Entscheidendes hinzu, das sich im letzten Halbsatz ausdrückt: *alle haben sie Ähnlichkeit mit Menschen und erwecken Mißtrauen*. Diese Worte dekuvrieren die eingewurzelte Angst des Kindes vor den Menschen; sie sind als Selbstbekenntnis des beinahe dreißigjährigen Erzählers Ausdruck seiner frühen seelischen Deformation.

Es gibt natürlich auch – wie immer bei Čechov – komische Episoden in dieser Erzählung, sie basieren zum Teil ebenfalls auf Jugenderlebnissen, allerdings aus einer späteren Zeit, als er bereits siebzehn Jahre alt war und sich schon eine gewisse Autonomie erkämpft hatte. Mag sein, daß daher der humoristische Einschlag rührt. Der biographische Hintergrund: Als Siebzehnjähriger plante Čechov wiederum eine Reise in die Steppe, erkrankte aber unterwegs an Bauchfellentzündung und wurde in ein Gasthaus geschafft. Dieses Gasthaus gehörte einem jüdischen Wirt. Čechov notiert über diese Erkrankung nur ein paar lapidare Sätze in einem Brief aus dem Jahre 1888: *Im Jahre 1877 bin ich einmal an Peritonitis* (Bauchfellentzündung) *erkrankt und habe in der Herberge von Moisej Moiseič eine qualvolle Nacht zugebracht. Der Jude hat mir die ganze Nacht ununterbrochen Senfpflaster und Kompressen verpaßt.*[17]

In der *Steppe* malt er diese Episode breit und mit viel Komik aus: *Kaum hatte die Kalesche vor der kleinen Außentreppe mit dem Vordach haltgemacht, als man im Haus die freudigen Stimmen eines Mannes und einer Frau vernahm, dann quietschte die Tür, und einen Augenblick später wuchs neben der Kalesche eine hohe und dürre Gestalt empor, die mit Händen und Rockschößen fuchtelte. Das war der Wirt des Einkehrhofes Moisej Moiseič, ein nicht mehr junger Mann mit einem sehr blassen Gesicht und einem schönen Bart, so schwarz wie Tinte. Er trug einen schäbigen schwarzen Gehrock, der auf seinen schmalen Schultern wie auf einem Kleiderbügel baumelte und dessen Rockschöße jedesmal flatterten, wenn Moisej Moiseič vor Freude oder vor Entsetzen die Hände zusammenschlug ... Als Moisej Moiseič die Reisenden erkannte, erstarrte er geradezu im Überschwang der Gefühle, dann schlug er die Hände über dem Kopf zusammen und stöhnte nur ...* «Ach, mein Gott, mein Gott!» *säuselte er mit seiner feinen singenden Stimme, wobei er schwer atmete, geschäftig hin und her lief und mit seinen Körperbewegungen die Reisenden beim Aussteigen aus der Kalesche behinderte.* «Was für ein glücklicher Tag ist das heute für mich!»[18]

Der Kontext der Erzählung verläuft parallel zu Čechovs Jugenderlebnis: in der *Steppe* ist es der zwölfjährige Egoruška, der unterwegs erkrankt und in dem Gasthaus von Moisej Moiseič versorgt wird. Schwerlich indes ist ein krankes Kind von zwölf Jahren in der Lage, die Ankunft in dem Gasthaus mit so viel Detailkomik zu beschreiben: hier wie so oft vermischt Čechov die Perspektiven, vermischt Ernst und Komik; doch ist diese Technik der Überlagerung nicht nur ein artistisches Spiel, sie hängt aufs engste mit seiner psychischen Konstitution zusammen, ist strenggenommen wiederum ein Abwehrmechanismus. Um das zu erklären, muß man weiter ausholen, noch einmal das komplizierte Gewebe der Kindheitserfahrungen aufknüpfen.

Von allen Altersgenossen wird übereinstimmend bestätigt, daß Čechov schon sehr früh ein immenses Interesse für das Theater hatte. Mit dreizehn Jahren besuchte er zum erstenmal eine Aufführung der Taganroger Bühne. Und dann wurde er des öfteren mitgenommen von einem Freund, dessen Vater dort Schauspieler war. So konnte der junge Anton schon früh manchen Blick hinter die Kulissen werfen, und wo immer es ging, beschaffte er sich (durch den Verkauf von Singvögeln auf dem Markt) Geld für Theaterkarten. Eigentlich war den Schülern des Taganroger Gymnasiums der Besuch des Theaters verboten, doch Čechov tarnte sich mit einem angeklebten Bart und einer dunklen Brille, was seinem Faible für Maskierungen sicher entgegenkam. Sein Bruder Nikolaj erinnert sich an diese – gemeinsame – Theaterbesessenheit: «Zum Theater gingen wir gewöhnlich zu zweit. Wir nahmen Plätze auf der Galerie. Die Plätze im Taganroger Theater waren nicht numeriert, und Anton Pavlovič und ich gingen immer zwei Stunden vor Beginn hin, um die 1. Plätze zu kriegen ... Wenn wir ins Theater gingen, wußten wir meist nicht, was gespielt wurde, wir hatten keine Ahnung, ob es ein Drama war, eine Oper oder eine Operette – uns war alles interessant.»[19]

Es ist mehr als begreiflich, daß auf ein derart malträtiertes Kind, wie Čechov es war, das Theater, also eine Scheinrealität, solche Faszination ausüben konnte. Die Welt der Bühne war aber nicht nur die Welt des schönen Scheins, sie dispensierte ihn nicht nur kurzfristig von der Wirklichkeit, im Schau-Spielen wurde ihm auch vorgeführt, wie man sein Ich

Stadttheater in Taganrog

vor der Außenwelt hinter einer Scheinidentität verbirgt. Schon im Kindesalter wurde für ihn die Maske – das Aufgehen in fremden Rollen – existentiell wichtig. Von verschiedenen Altersgenossen (nie aber von Čechov selber) erfährt man, daß er als Kind mit Leidenschaft Theater gespielt hat. Er gründete mit Freunden ein Laien-Ensemble, verfaßte mehrere Einakter, die sie in Taganroger Privathäusern vorführten. Seine Lieblingsrolle, so berichtet ein Mitschüler, sei eine selbsterfundene Szene gewesen, in der ein Gouverneur die Parade seiner «Untertanen» abnimmt. Čechov, in der Rolle des Gouverneurs, mit einem alten Säbel ausstaffiert, habe immer neue Varianten zu dieser Szene erfunden. Eine andere Mitspielerin hingegen behauptet, er habe mit Vorliebe melancholische Pechvögel gespielt; schwer zu entscheiden, ob das nachträgliche Retuschen sind oder nicht. Jedenfalls: Das Verlangen nach Masken war mehr als nur Kompensation, es entsprang einem Bedürfnis, das eigene «Departement» nach außen abzuschirmen.

Seine Lust an der Parodie ging so weit, daß er sogar das «Sanktuarium» des Vaters nicht verschonte. Sein Bruder Michail erinnert sich an eine besonders witzige Szene, in der Anton als einfacher Geistlicher alle Register seiner parodistischen Begabung zog: «Mit vorgestrecktem Hals, der dadurch greisenhaft sehnig wurde, das Gesicht bis zur Unkenntlichkeit verzogen, hatte Anton Pavlovič dem Bruder mit greisenhaft zittriger Stimme wie ein richtiger Dorfdiakon all die vielfältigen Lob- und Bittgesänge vorzusingen, wobei er aus Angst vor dem Bischof nach Atem rang, sich verhaspelte, schließlich aber doch noch des bischöflichen Satzes ‹Bist Diakon worden› für würdig befunden wurde.» [20] Ohne Zweifel muß dieses spielerische Sakrileg als Abwehr der väterlichen Autorität gewertet werden.

Čechov mimte nicht nur vor bestelltem Publikum; er spielte – in Gegenwart anderer – eigentlich immer. Fast alle Zeitgenossen, die ihn in seiner Kindheit erlebten, sagen übereinstimmend, daß er, wenngleich nie richtig fröhlich wirkend, immer irgendwelche übermütigen Scherze machte, sei es, daß er Leute nachäffte oder einfach Witze erzählte.

So spielte er überall den Spaßvogel, den Clown – eine Neigung, die er, abgeschwächt zwar, auch in späteren Jahren beibehielt. Bedenkt man alle Konsequenzen dieser frühen Affinität zum Komischen, so begreift man schließlich auch, weshalb Čechov mit fast wütender Beharrlichkeit darauf insistierte, daß seine Stücke, die allermeisten jedenfalls, als Komödien verstanden wurden. *Die Möwe,* zum Beispiel, *Der Kirschgarten, Der Waldschrat* sind Bühnenwerke, die im klassischen Sinne durchaus nicht als Komödien bezeichnet werden können. Wenn Čechov gleichwohl so hartnäckig verlangte, sie als solche zu interpretieren, dann hatte das Komödienhafte in seinen Augen eine andere Qualität als die geläufige. Diese abweichende Interpretation hängt aufs engste mit seiner psychischen Struktur zusammen. Darauf im einzelnen einzugehen muß einem späteren Zusammenhang vorbehalten bleiben. Aus seinem Verhalten in der Kindheit läßt sich jedoch bereits folgern, daß er das Komische als Mittel der Distanzierung betrachtete. Mit Hilfe des Komischen verschanzt er sich gegen die Außenwelt; diese an sich selbst erprobte «Taktik» überträgt er aber auch auf seine schriftstellerischen Intentionen: Der auktoriale Erzähler distanziert sich von seinen Figuren, indem er die Unangemessenheit zwischen Subjektivität und objektiver Realität aufdeckt und so ins Lächerliche kehrt. Nach Schopenhauer ist die «gewaltige Inkongruenz», die nicht selten «zwischen unsern Begriffen und der objektiven Realität» besteht, die Ursache des «Lächerlichen»[21]. Diese Inkongruenz ist es, die Čechov an seinen literarischen Sujets immer wieder fasziniert.

Um das Gemeinte an einem Beispiel zu erläutern, sei eine Passage aus der Erzählung *Der Kuß* zitiert, deren Hauptfigur ein junger Offizier ist. Er verirrt sich in einem fremden Haus auf einem Fest in einen abgelegenen dunklen Raum, wo er plötzlich von einer Frau umarmt und geküßt wird. Dieser Kuß war allerdings einem anderen zugedacht, doch der junge Offizier, von dieser Verwechslung nichts ahnend, gerät geradezu in Euphorie:

Familie Čechov. Zweiter von links: Anton

Als er in den Saal zurückkehrte, klopfte ihm das Herz, und seine Hände zitterten so sehr, daß er sie hinter dem Rücken verbarg. Zuerst quälten ihn Scham und die Furcht, der ganze Saal wisse, ihn habe soeben eine Frau umarmt und geküßt; er kauerte sich zusammen und blickte sich unruhig nach allen Seiten um, überzeugte sich aber, daß man im Saal ruhig weitertanzte und weiterschwatzte, und überließ sich ganz dem neuen, noch nie erfahrenen Gefühl ... Auf seiner linken Wange, gleich neben dem Schnurrbartende, wo ihn die Unbekannte geküßt hatte, verspürte er eine leichte, prickelnde Kälte – wie von Pfefferminztropfen; je länger er diese Stelle rieb, desto stärker wurde das Kältegefühl; er war von Kopf bis Fuß von einer neuen, seltsamen Empfindung erfüllt, die mehr und mehr wuchs. [22]

Das Bestreben, eine scheinbar eindeutige Emotion durch genaue Beschreibung (die *prickelnde Kälte* des Kusses *gleich neben dem Schnurrbartende!*) ins Lächerliche zu kehren, die Wirkung einer Zärtlichkeit mit der von Pfefferminztropfen gleichzusetzen, also die Unangemessenheit von Gefühl und Realität bloßzulegen, artet bei Čechov bisweilen in eine Obsession aus. Erklärbar ist sie allein aus seiner Biographie, worauf auch der Čechov-Forscher Ermilov hinweist: «Sehr früh begann er zu begreifen, daß das ihn umgebende Leben nicht die geringste Veranlassung gab, gerührt zu sein. Hier wurden in jedem Augenblick die Menschen beleidigt und erniedrigt, die Kinder zurückgesetzt, es wurde gemogelt und betrogen und der Betrug mit einem kriecherischen oder unverschämten Lächeln verdeckt. Bereits sehr früh ahnte Čechov, daß nur die Lüge solch ein Leben zusammenhalten könne. Und je erwachsener er wurde, um so tiefer lernte er jede Form der Lüge hassen, auch die Lüge der Rührung, der Ausschmückung, der spießigen Sentimentalität, die die Härte und Grausamkeit der realen Beziehungen verdeckt.» [23]

Die gleichsam eingeprügelte Skepsis gegenüber Gefühlen wird, natürlich, umgesetzt in Misanthropie, aber in gleichem Maße wird sie konterkariert durch seinen Sinn für das Komische, der ihn souverän macht. So wäre also zu differenzieren: Das Komische ist für Čechov einerseits eine Art Mimikry, durch die er sich vor der Außenwelt tarnt, zum andern dient sie der Abwehr von Lüge und Heuchelei. Mit diesem Schlüssel – sieht man nur genau hin – ist auch sein Verhalten in der Kindheit zu deuten: Wenn er den Clown machte, seine Kameraden durch Späße unterhielt, aus allen Situationen und Figuren das Komische herauspickte, dann vermochte er damit eine Barriere zwischen sich und seiner Umwelt zu errichten, hinter der alles Bedrückende und Diskriminierende verborgen blieb.

Seine Angst, sich zu offenbaren, fiel schon in der Kindheit einigen Altersgenossen auf. Eine Freundin der Čechov-Kinder bekennt denn auch: «In meiner Erinnerung erscheint er mir glatt und verschlossen.» Indes hebt sie hervor: «In unserem Haus war Antoša der Liebling der Dienerschaft, und alle freuten sich, wenn er kam. Sie nannten ihn den freundlichen Antoša.» [24] In diesem Fall mußte er sich nicht verstellen, mußte sich nicht schützen vor befürchteter Herabsetzung, sondern konnte seine angeborene Freundlichkeit ungehemmt zum Ausdruck bringen. Wie verletzbar er war und wie wenig er davon selbst im Familienkreis verraten mochte, zeigt eine Reminiszenz des älteren Bruders Aleksandr, die er in einem Brief an Anton festhält: «Ich erinnere mich, wie sich Dein unabhängiger Charakter zum erstenmal bemerkbar machte und ich zum erstenmal feststellte, daß mein Einfluß als älterer Bruder auf Dich zu schwinden begann . . . Um Dich wieder meiner Autorität zu unterwerfen, schlug ich Dir mit einem Eisenblech über den Kopf . . . Du gingst aus dem Laden heraus und nach Hause zum Vater. Ich erwartete eine ziemliche Abreibung, doch ein paar Stunden später gingst Du auf irgendeinem Botengang majestätisch an unserm Laden vorbei und warfst absichtlich nicht einen Blick in meine Richtung. Ich folgte Dir lange mit meinen Augen und brach – ich weiß nicht warum – plötzlich in heftiges Weinen aus.»[25] Es ist denkbar, daß Čechov auf die Prügel von seinem Vater mit ähnlich demonstrativem Gleichmut reagiert hat, zumindest würde sich das dem Bild einfügen, das man sich aus den wenigen überlieferten Episoden seiner Kindheit zusammensetzen kann.

Wenn dieses Bild – um es noch einmal zu resümieren – den Eindruck eines starken, unabhängigen Charakters vermittelt, so bleibt zu ergänzen, daß Čechov keine Vorbilder, keine Identifikationsobjekte für seine Ich-Findung zur Verfügung standen: Weder in seinem Familienkreis noch unter seinen Bekannten oder seinen Lehrern scheint es jemanden gegeben zu haben, dem nachzueifern ihm wichtig schien; sein Lebensmodell entwickelte er ganz allein, in strikter Isolation. Die Anhänglichkeit an die Geschwister, die Liebe zur Mutter mögen ihm manchmal eine Stütze gewesen sein; eine wirkliche Hilfe fand er auch hier nicht, denn seine Angehörigen standen ebenso unter dem Druck des Vaters wie er selber. Den Weg zur Autonomie mußte er sich alleine bahnen. Und es gelang ihm, als einzigem unter den älteren Geschwistern. Das erhellt auch ein Brief, den er als Dreiundzwanzigjähriger an den ältesten Bruder richtet. Die Vorgeschichte: Aleksandr hatte eine briefliche Auseinandersetzung mit seinem Vater und suchte nun Rat und Trost bei seinem Bruder Anton. Dessen Antwort: *Vater ist wie ein Stein . . . ihn rückst Du nicht von der Stelle. Das ist einfach seine Stärke. Er wird, so süßlich Du ihm auch immer schreibst, ewig seufzen, dir ein und dasselbe schreiben und, was das Schlimmste ist, darunter leiden . . . Du dagegen tust, als wüßtest Du das nicht! . . . Du löckst nicht wider den Stachel, sondern suchst Dich gleichsam mit ihm auszusöhnen . . . Was kriechst Du vor ihm, was willst Du? . . . Du weißt, daß Du im Recht bist, dann besteh auch auf deinem Recht . . . Im (unversöhnlichen) Protest liegt das ganze Salz des Lebens, Freund.*[26] Nach dieser Devise lebte er sein Leben lang, sie ist das Resultat seiner schon in der Kindheit erprobten Befreiungsversuche.

Das, was man gemeinhin unter Entwicklungsjahren versteht, hat Čechov eigentlich nicht gekannt. Zwischen seiner Kindheit und seiner Jünglingszeit gibt es nicht fließende Übergänge, sondern eine einschneidende Zäsur. Sie hängt mit der pekuniären Situation seines Vaters zusammen. Er hatte sich 1874 in Taganrog ein eigenes (viel zu kostspieliges) Haus gekauft und ein neues Geschäft eröffnet. Damit aber hatte er sich finanziell übernommen. Da zudem durch den Bau einer Eisenbahnstation Taganrogs Bedeutung als Hafen- und Handelsstadt stark zurückging, war auch

Ein Brief Čechovs

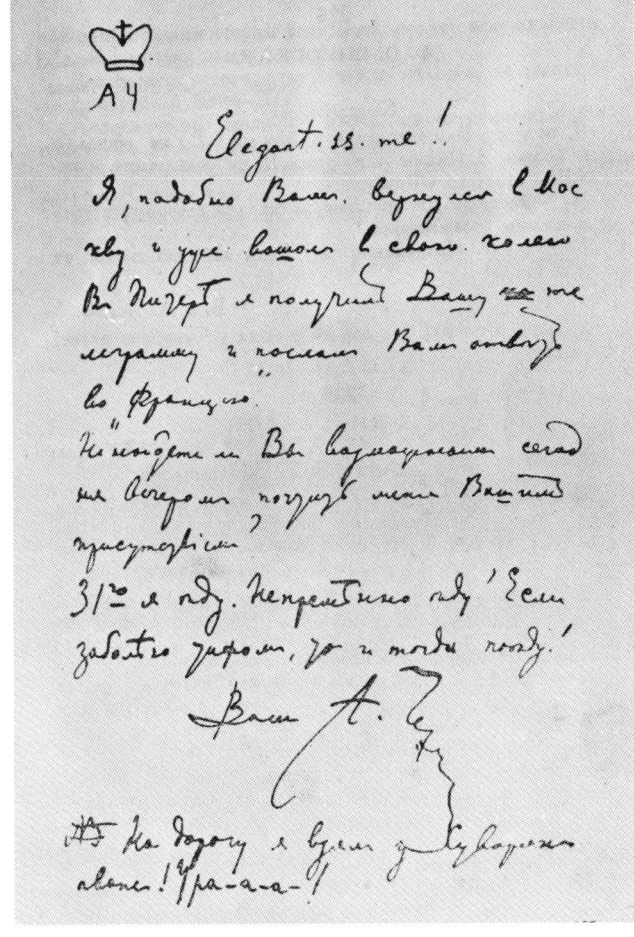

der Kundenkreis des Vaters geschrumpft. Die Einnahmen wurden spärlich, schließlich konnte der Vater weder das Schulgeld für die Kinder noch seine diversen Schulden bezahlen. Um nicht ins Gefängnis zu kommen, floh er 1876 vor seinen Gläubigern nach Moskau, wo bereits die beiden ältesten Söhne seit 1875 lebten und studierten. Bald reiste ihm die Mutter mit den beiden jüngsten Kindern nach. Anton blieb zunächst mit dem jüngeren Ivan allein in Taganrog. Nachdem auch der Bruder der Familie nach Moskau gefolgt war, blieb Čechov ganz ohne Angehörige zurück. Er sollte die Schule in Taganrog beenden. Wohnen durfte er in dem von seinem Vater gekauften Haus, das nun einer seiner Gläubiger übernommen hatte. Kost und Logis verdiente er sich dadurch, daß er dem Neffen des neuen Hausbesitzers Nachhilfeunterricht gab. So sorgte er also schon von seinem siebzehnten Lebensjahr an allein für seinen Lebensunterhalt. Aber nicht nur das: da er noch in verschiedenen Häusern Taganrogs Nachhilfeunterricht gab (schlechtbezahlten, natürlich!), war er sogar in der Lage, Geld nach Moskau zu schicken, das die Familie dringend brauchte, denn der Vater war zunächst arbeitslos, und die Armut der Čechovs muß unbeschreiblich gewesen sein. Zwischen 1876 und 1879 wechselten sie zwölfmal die Wohnung, weil sie die Miete nicht bezahlen konnten. Meist schliefen sie auf dem Fußboden, in einem einzigen Raum, der im Winter dazu bitterkalt war. Einem Brief Čechovs an seinen in Moskau lebenden Vetter Michail ist zu entnehmen, wie sehr er unter der bedrückenden Familiensituation litt: *Sei so gut und tröste meine Mutter wie bisher, die physisch und moralisch gebrochen ist ... Der Charakter meiner Mutter ist so beschaffen, daß jede moralische Unterstützung von seiten eines anderen stark und wohltuend auf sie wirkt. Eine dumme Bitte, nicht wahr? Aber Du wirst sie verstehen, um so mehr, als ich sagte «moralische», d. h. geistige Unterstützung. Es gibt für uns nichts Teureres auf dieser verderbten Welt als die Mutter, und deshalb wäre Dein ergebener Diener Dir überaus verbunden, wenn Du seine Mutter, die nur noch halb am Leben ist, trösten würdest.* [27] Die leicht ironische Wendung im letzten Satz kontrastiert merkwürdig zu der Ernsthaftigkeit, mit der der Siebzehnjährige seine Bitte vorträgt. Sie dient wieder der Camouflage, die Čechov auch in den Briefen an die Familie mit Vorliebe benutzt, um nur ja seine wahren Gefühle nicht zu zeigen. Die Mutter allerdings reagiert darauf mit Unverständnis, schreibt sie doch einmal an den Sohn: «Wir haben von Dir zwei Briefe voller Scherze bekommen, während wir nur 4 Kop. für Brot und Licht hatten. Wir warteten, ob Du nicht Geld schickst, es war sehr bitter, offenbar glaubt ihr uns nicht. Maša hat keinen Pelz, ich keine warmen Schuhe, wir sitzen zu Hause ... es ist schlimm und weiter nichts, schreib um Gottes willen bald, schick das Geld an mich. Verkauf die Kommode und die Sachen, nur schnell, laß uns nicht vor Kummer sterben ...» [28]

In den Osterferien 1877 besucht Čechov seine Angehörigen in Moskau, und abgesehen von der familiären Misere hat ihn dieser Aufenthalt sehr

Neunzehn Jahre alt

beeindruckt. Davon zeugt ein Brief vom Herbst 1877 an den Vetter: *Bei uns in Taganrog gibt es nichts Neues, absolut nichts! Es ist sterbenslangweilig! Ich war neulich im hiesigen Theater und habe dieses Theater mit eurem in Moskau verglichen. Ein großer Unterschied! Auch zwischen Moskau und Taganrog ist ein großer Unterschied. Wenn ich das Gymnasium hinter mir habe, komme ich auf Flügeln nach Moskau geflogen, es hat mir sehr gefallen!*[29]

Noch aber hatte er zwei Jahre in Taganrog zu verbringen, die für ihn, wie er versichert, *schrecklichste Langeweile* bedeuteten. Sehr viel mehr verrät er allerdings nicht.

Da es, wie gesagt, keine Tagebücher des jungen Čechov gibt und er sich in seinen Briefen kaum über seine Situation äußert, ist man auf Spekulationen verwiesen, die natürlich fragwürdig bleiben. Vermuten aber läßt sich, daß das Gefühl, als Untermieter bei einem Gläubiger seines bankrotten Vaters zu leben, furchtbar deprimierend war. Ob der neue Hausbesitzer so viel Feingefühl besaß, Čechov dessen Abhängigkeit nicht spüren zu lassen, ist zu bezweifeln. Außerdem wird er auch sonst an den Konkurs des väterlichen Geschäfts erinnert, obliegt es ihm doch, Gläubiger zu beschwichtigen und einige Wertsachen zu verkaufen. So wird er schon allzu früh in Geldgeschichten verwickelt – eine Zwangssituation, die ihn fast bis ans Lebensende bedrängt. Viel später gesteht er einmal einem Freund, *daß ich schrecklich verdorben bin durch die Tatsache, daß ich in einer Umgebung geboren wurde, aufwuchs, studierte und anfing zu schreiben, in der das Geld eine unverschämt große Rolle spielt*[30].

Wie diskriminierend es für ihn war, sein Geld mit Nachhilfestunden zu verdienen, zeigt eine Erzählung aus dem Jahre 1884 mit dem Titel *Der Nachhilfelehrer*. In Paranthese: so sehr Čechov sich scheut, Selbstbekenntnisse in sein Werk aufzunehmen: symptomatische Erlebnisse und Situationen hat er gleichwohl des öfteren in seiner Prosa wie in seinem dramatischen Werk verarbeitet. Eine solche bezeichnende Situation gestaltet er in der oben erwähnten Erzählung: ... *schließlich geht der zweistündige Unterricht zu Ende. Ziberov greift nach der Mütze, gibt Petja wohlwollend die Hand und verabschiedet sich von Udodov* (dem Vater des Schülers)*: «Können Sie mir nicht heute etwas Geld geben?» bittet er schüchtern. «Ich muß morgen Studiengebühren bezahlen. Sie sind mir sechs Monate schuldig.» – «Ich? Ach ja, ja ...» murmelte Udodov, ohne Ziberov anzusehen. «Mit Vergnügen! Leider habe ich jetzt nichts bei mir, aber so in einer Woche ... oder in zwei ...» Ziberov ist einverstanden, er zieht seine schweren, schmutzigen Gummischuhe an und geht zur nächsten Nachhilfestunde.*[31] Zu glauben aber, diese knapp drei Jahre des Alleinseins in Taganrog seien absolut trostlos für Čechov gewesen, ist ganz gewiß abwegig. Vor allem die Tatsache, daß die ständige Reglementierung durch den Vater fortfällt, trägt entscheidend dazu bei, daß er sich frei und unabhängig fühlt. Die Abwesenheit des Vaters kommt ihm auch in der Schule zugute, er kann sich besser auf seine Hausaufgaben konzentrieren, ist nicht ständig übermüdet, seine Noten bessern sich merklich, so daß am Ende seiner Schulzeit folgende Beurteilung über ihn formuliert wurde: «Čechov war ein guter Durchschnittsschüler, zeichnete sich aber durch keine besonderen Qualitäten aus.»[32]

Seine Ambitionen haben denn auch mit dem, was die Schule ihm zu bieten hat, wenig zu tun. Daß er weiterhin häufig das Theater besucht, daß er intensiv russische und ausländische Belletristik liest, an einem Stück schreibt mit dem Titel *Vaterlos*, einer Vorstufe des 1923 postum veröffentlichten Dramas *Platonov* (das als Čechovs Bühnenerstling gilt), daß er für seine älteren Brüder in Moskau eine Zeitschrift unter dem Titel «Der Stotterer» redigiert (von der kein einziges Exemplar erhalten ist), daß er auf Anregung des ältesten Bruders einige humoristische Kurzgeschichten verfaßt, ist für seine geistige Entwicklung weitaus bedeutsamer gewesen. Einige dieser frühen Humoresken konnte Aleksandr Čechov in Moskauer Zeitschriften unterbringen; erhalten sind sie nicht. Einem Brief Aleksandrs ist aber zu entnehmen, daß einige gedruckt wurden: «Deine Anekdoten werden erscheinen. Ich schicke gerade zwei Deiner Humoresken an den ‹Wecker› . . . Die anderen sind schwach. Mach sie so kurz und witzig wie möglich. Lange Geschichten sind meist farblos.»[33]

Im Juni 1879 besteht Čechov das Abitur, bleibt aber noch bis Anfang August in Taganrog, da ihm von der Stadt ein Stipendium in Aussicht gestellt worden war, das man ihm nach langem Warten denn auch zugesteht. Daraufhin kann er nach Moskau aufbrechen.

Ohne Zweifel haben diese drei Jahre in Taganrog Čechovs Charakter geprägt. In dieser Zeit ist er zu einem Erwachsenen herangereift, der über seinen Lebensweg allein bestimmt. Die Aktivitäten und Zerstreuungen, die Bildungserlebnisse in diesen Jahren sind nur spärlich belegt; und noch weniger läßt sich erraten, in welcher inneren Verfassung er sich zu dieser Zeit befindet. Seine Skepsis gegenüber den Menschen hat er wohl kaum revidiert, sie war ihm eingestanzt. Beweise dafür gibt es noch und noch. So berichtet er acht Jahre später in einem Brief an den viel älteren und bewunderten Schriftsteller Dmitrij Grigorovič über seine häufig wiederkehrenden Alpträume: *Alles ist unendlich rauh, trostlos und feucht. Wenn ich . . . weglaufe, begegne ich unterwegs einem eingestürzten Friedhofstor, einem Begräbniszug, meinen Lehrern aus dem Gymnasium . . . Jedesmal, wenn ich im Traum Kälte empfinde, sehe ich Menschen.*[34] Lapidarer als im letzten Satz läßt sich seine Furcht vor den Menschen schwerlich artikulieren.

Medizinstudium und schriftstellerische Anfänge

Noch in Taganrog hatte Čechov ein Brief der Mutter erreicht, der zeigt, was die Familie ausgerechnet von dem dritten Sohn, Anton, erwartet: «Werde nur bald fertig in Taganrog mit der Schule und komm bitte bald meine Geduld zu warten ist am Ende, und geh unbedingt auf die medizinische Fakultät, hör auf mich, der beste Beruf ... Noch eins sag ich Dir Antoša, wenn Du fleißig bist, findest Du in Moskau immer Arbeit und wirst Geld verdienen ... ich glaube jedenfalls, daß wenn Du kommst, wird es mir besser gehen.»[35]

Die Erwartung, die alle Familienangehörigen in Anton setzen, ist groß. Er, der eben die Schule beendet und sich zum Medizinstudium angemeldet hat, soll Ernährer der Familie werden. Er wird es tatsächlich, fast der gesamte Lebensunterhalt wird aus seinen Einnahmen bestritten. Der Vater, der endlich außerhalb von Moskau eine Stelle als Ladengehilfe gefunden hat, bekommt nur einen kümmerlichen Lohn. Wie selbstverständlich übernimmt Anton die Rolle des Familienoberhauptes – die älteren Brüder wohnen wie der Vater außerhalb – und die übrigen richten sich nach seinen Anordnungen. Michail, der jüngere Bruder, erinnert sich: «Antons Wille wurde dominierend. In unserer Familie tauchten plötzlich bis dahin bei uns unbekannte Formulierungen auf wie: ‹Das ist nicht wahr›, ‹Man muß gerecht sein›, ‹Man soll nicht lügen› und ähnliche.»[36]

Die Souveränität, die er aus der Verantwortung für die Familie gewinnt, spiegelt sich – will man dem Zeugnis eines ehemaligen Freundes glauben – auch in seiner äußeren Haltung: «Er war sehr schön. Er hatte ein großes offenes Gesicht mit großen lächelnden Augen. Wenn man mit ihm sprach, sah er bisweilen unverwandt auf den Sprechenden. Doch sofort schlug er die Augen nieder und lächelte ein besonderes, sanftes Lächeln ... Er verbreitete eine Atmosphäre der Herzlichkeit und der Fürsorglichkeit ... Ungeachtet seiner Jugend, ja Jünglingshaftigkeit fühlte man sich bei ihm wie bei einem guten Vater, zu dem man gehen und den man um Rat fragen kann.»[37]

Čechov besucht also die Medizinische Fakultät in Moskau. Neben dem Studium findet er die Zeit, für verschiedene Moskauer Witzblätter Kurzgeschichten zu verfassen. Es läßt sich denken, daß die Bedingungen für seine schriftstellerische Tätigkeit nicht sonderlich günstig sind. Er hat keinen eigenen Arbeitsraum, sondern muß das Zimmer mit den beiden jüngeren Brüdern teilen, und überdies nimmt ihn das Studium natürlich in Anspruch. Gleichwohl ist es sicher ein großer Ansporn für ihn, als er im Januar 1880 von der Redaktion der Zeitschrift «Strekoza» einen Brief folgenden Inhalts erhält: «Sehr verehrter Herr! Die Redaktion hat die Ehre, Sie in Kenntnis zu setzen, daß Ihre Erzählung gar nicht übel geschrieben ist und in unserer Zeitschrift veröffentlicht werden wird. Die Redaktion bietet Ihnen ein Honorar in Höhe von 5 Kopeken je Zeile.»[38]

Das ist, auch nach damaligen Verhältnissen, sehr wenig. Da aber Čechov eine leichte Hand beim Schreiben dieser Humoresken hat, kann er durchschnittlich zwei bis drei solcher Geschichten pro Woche abliefern. Das Honorar kommt allerdings nicht immer pünktlich ein. Michail Čechov erzählt in seinen Erinnerungen, wie oft er an Stelle des Bruders die Redaktionen abklapperte, um das Geld abzuholen: «Übrigens, meist mußte ich die Honorare meines Bruders eintreiben. Er war ewig beschäftigt, ihm blieb keine Zeit, und ich war sein ständiger Advokat.» Michail hat eine Vollmacht von seinem Bruder; damit geht er zu den einzelnen Redaktionen, wo er oft lange warten muß. Und manchmal bekommt er zur Antwort: «Ich habe kein Geld. Kann es nicht ein Theaterbillett sein oder eine Hose?»[39]

Abgesehen von der Unverfrorenheit eines solchen Ansinnens steckt dahinter auch eine beträchtliche Mißachtung für diese Art von Schriftstel-

Die Universität von Moskau

Moskau: Blick auf den Kreml um 1890

lerei. Aber daran stößt sich Čechov nicht, er selber respektiert seine Arbeit am allerwenigsten. Nicht nur, daß er die meisten dieser Kurzgeschichten später aus seinen *Gesammelten Werken* ausschließt, er zeichnet sie auch nie mit seinem wirklichen Namen, sondern benutzt Pseudonyme, zum Beispiel *Antoša Čechonte* (den Spitznamen aus der Schulzeit) oder *Bruder des Bruders*, in Anspielung darauf, daß sein literarisch bereits etablierter Bruder Aleksandr ihm den Kontakt zu einigen Zeitschriften verschafft hat, oder auch *Der Mann ohne Milz*, ein Pseudonym, das ich nicht aufzuschlüsseln vermag.

Wie Čechov in späteren Jahren zu dieser Art von Broterwerb steht, läßt sich nicht eindeutig beantworten: zu sehr divergieren da seine eigenen Äußerungen, zum Beispiel gegenüber dem jüngeren Dichter Ivan Bunin, mit dem er 1895, also auf dem Höhepunkt seines Ruhms, Kontakt auf-

nimmt: *Ich begann zu schreiben wie der letzte Hundesohn. Ich war doch ein Proletarier ... Ich gebe Ihnen nur einen Rat ... hören Sie mit dem Dilettantismus auf, machen Sie nur meisterhafte Sachen! Es ist ziemlich schlimm, daß ich aus Gründen des Broterwerbs schreiben mußte. Aber bis zu einem gewissen Grade sollte man zur Meisterschaft gezwungen werden und nicht auf die Zeit der Inspiration warten.*[40]

Doch zuvor hat er diese Aussage schon relativiert, wenn er verlangt: *Ein Schriftsteller sollte arm sein, er sollte in der Situation sein, daß er weiß, er würde vor Hunger sterben, wenn er nicht schreibt ... Ach, wie bin ich meinem Schicksal dankbar, daß ich in meiner Jugend so arm war!*[41] Und ein drittes, absolut entgegenlautendes Bekenntnis vertraut er wiederum Bunin an: *Ein Schriftsteller sollte sagenhaft reich sein, so reich, daß er sich in jedem beliebigen Augenblick auf eine Reise rund um die Welt in seiner* eigenen Yacht begeben, eine Expedition zu den Quellen des Nils, zum Südpol, nach Tibet oder Arabien unternehmen, sich den ganzen Kaukasus oder Himalaya kaufen kann ... Tolstoj sagt, der Mensch braucht nur drei Aršin Erde. Das ist Unsinn – drei Aršin Erde braucht ein Toter, aber der Lebende braucht den ganzen Erdball, insbesondere ein Schriftsteller.[42] So verwirrend diese Widersprüche auf den ersten Blick auch wirken mögen, jede Aussage hat ihre eigene, aus dem Augenblick entstandene Authentizität, die eines vor allem deutlich macht: Der Zwang, sich aus einer finanziellen Notlage heraus an den Schreibtisch setzen zu müssen, hat Čechov lebenslang irritiert. Vor allem im ersten Jahrzehnt seiner schriftstellerischen Laufbahn bleibt sein Verhältnis zu dem, was er schreibt, ambivalent. Nicht die Quantität dessen, was er wöchentlich abliefern muß, verunsichert ihn, sondern die Sorge, daß die Qualität unter dem Arbeitstempo leidet. Durchaus registriert er, daß das Publikum Gefallen an seinen Humoresken gefunden hat; es gibt, wie er seinem Bruder schreibt, sogar Leute, die *promovieren mich zum Humoristen ersten Ranges, zu einem unter den besten, sogar zum besten; meine Erzählungen werden auf literarischen Abenden erzählt ...*[43] Ihm selber aber ist dieser Ruhm nicht geheuer. Und abgesehen davon trägt seine Arbeit ihm allenfalls so viel ein, daß er keine Schulden hat: *Das Schreiben bringt mir, außer daß es mich reißt, nichts ein. Die 100 Rub., die ich im Monat bekomme, gehn ihren Weg durch den Darm, und ich habe nicht das Geld, meine graue, abgetragene Jacke einzutauschen gegen etwas weniger Hinfälliges. Ich bezahle an allen Ecken und Enden, und mir bleibt nihil. Die Familie schluckt mehr als 50. Ich habe nicht einmal das Fahrgeld nach Voskresensk.*[44]

In Voskresensk lebt inzwischen Čechovs jüngerer Bruder Ivan. Hierhin reist Čechov (mit der Familie) des öfteren, um sich von seinem strapaziösen Alltag zu erholen. – Übrigens: lauthals zu klagen über sein hektisches Leben, verbietet er sich meist. Nur selten finden sich in seinen Briefen Beschwerden wie diese aus dem Winter 1883: *Es lebt sich leidlich, aber meine Gesundheit – o weh und ach! Man arbeitet wie ein Affe, legt sich um fünf Uhr morgens schlafen. Ich schreibe für die Zeitschriften auf Bestellung, und nichts ist schlimmer, als sich zu bemühen, den Termin einzuhalten. Geld habe ich ... aber ... ich habe schon keinen überflüssigen Fetzen Fleisch mehr am Körper! Man sagt, ich sei abgemagert bis zur Unkenntlichkeit!*[45]

Ein knappes Jahr später, er schreibt jetzt regelmäßig für die Zeitschrift «Oskolki», die der angesehene Schriftsteller Nikolaj Lejkin herausgibt, teilt er diesem mit: *Ich bin so ausgeschrieben und erschöpft, daß ich die Frechheit nicht aufbrachte, für die «Oskolki» zu schreiben: ich wußte, daß ich Unsinn schreiben würde. Fügen Sie der Erschöpfung noch Hämorrhoiden hinzu (der Teufel hat sie mir geschickt). Drei Tage habe ich mit Fieber gelegen.*[46] Dieses Leiden belästigt ihn fortan sein Leben lang. Doch viel gravierender ist, daß bei dem knapp Fünfundzwanzigjährigen bereits die ersten Anzeichen seiner Schwindsucht auftauchen: Im Dezember 1884 erleidet er den ersten Blutsturz, ein sicheres Indiz für eine beginnende Tuberkulose. Doch Čechov bestreitet diese Diagnose. So schreibt er, wiederum an Lejkin: *Ich bin krank. Ich huste Blut und fühle mich schwach...* *Ich schreibe nichts... Ich müßte in den Süden fahren, habe aber kein Geld ... Ich habe Angst, mich einer Untersuchung durch meine Kollegen zu unterziehen... Plötzlich entdecken die etwas wie ein verlängertes Aushauchen oder eine Dämpfung!... Mir scheint, daß bei mir weniger die Lungen schuld sind als vielmehr der Hals...*[47] Einem anderen Bekannten gegenüber äußert er die Vermutung, daß der Bluthusten auf ein geplatztes Gefäß zurückzuführen sei. Bei dieser bewußten Fehldiagnose und der Furcht vor einer Untersuchung geht es nicht um die altbekannte Tatsache, daß Mediziner im allgemeinen blind sind gegenüber eigenen Krankheiten. Čechov belügt mit diesen ausweichenden Erklärungen nicht sich selber, sondern seine gesamte Umwelt. Vom Ausbruch der Krankheit bis zu seinem letzten Lebenstag hat er versucht, seine nächsten Angehörigen darüber hinwegzutäuschen, wie es um ihn stand. Tuberkulose ist – zu seiner Zeit – nicht heilbar, das weiß er, und er weiß auch, durch welche Symptome sie sich ankündigt. Aber er schiebt die Schlußfolgerungen einfach beiseite.

Diesen Abwehrmechanismus auf den von Freud entdeckten «Todestrieb» zurückzuführen, erscheint mir in diesem Fall nur bedingt zulässig, obschon es zu denken geben sollte, daß Čechov sich beharrlich gegen eine Untersuchung durch Kollegen verwahrt. Aber in den ersten Jahren nach Ausbruch der Krankheit scheint – noch unbewußt – eine andere Motivation den Ausschlag zu geben: Die Krankheit ist ein Widerpart seines Lebensmodells, das durch Disziplin, Kontenance und ungeheuren Arbeitswillen gekennzeichnet ist. Kaum ein Wort taucht in seiner Korrespondenz so häufig auf wie das Wort Arbeit. Durch Arbeit hat er sich und seine Familie aus der bedrückenden sozialen Deklassierung befreit, durch Arbeit hat er sich einen literarischen Namen gemacht, Ansehen gewonnen. Wenn nun durch die Diagnose publik wird, daß dieser aktive, dynamische, stets zu Späßen aufgelegte junge Literat und Mediziner unheilbar krank ist, dann ist die Abschottung seines «Departements» gefährdet, dann drohen ihm Mitgefühl, Neugier und auch Zudringlichkeiten. Dann wird er in einen Schonraum verbannt, zu dem die Umwelt sich Zutritt zu verschaffen sucht. Wer sich andern in seiner Schwäche offenbart, gibt sich aus der Hand, das weiß er. Da ihm aber seine Unabhängigkeit wichtiger ist als alles andere, verteidigt er sie hartnäckig, macht sich unangreifbar. Bezeichnend für diese Abwehrhaltung ist, wie er den ersten Ausbruch der Krankheit beschreibt, zum Beispiel gegenüber Lejkin: *Dieser Blutfluß hindert mich am Schreiben... Überhaupt – ergebensten Dank, das hatte ich nicht erwartet! Drei Tage habe ich keine weiße Spucke mehr ge-*

sehen ...[48] So tarnt er sich durch Understatement, durch gespielte Sorglosigkeit. Seinen gewohnten Arbeitsrhythmus nimmt er schon bald wieder auf. Inzwischen kommen auch zustimmende Äußerungen über seine Humoresken aus Kollegenkreisen: «In kurzer Zeit schon ragen Sie mit Ihren Arbeiten aus der Zahl der übrigen Mitarbeiter und Kollegen weit heraus und sind ohne Zweifel in der Redaktion als der junge begabte, vielversprechende Schriftsteller der Zukunft bekannt geworden.»[49]

So der Mitarbeiter einer humoristischen Zeitschrift in einem Brief an Čechov. Er selber jedoch betrachtet seine Literatur noch immer nur als Ware, die er gegen mäßige Honorare eintauscht. 1882 hat er übrigens an einem parodistischen Roman unter dem Titel *Ein unnützer Sieg* gearbeitet, von dem die Zeitschrift «Budilnik» zehn Folgen abdruckte, doch dann überwarf er sich – nach Aussage seines Bruders – mit dem Herausgeber, und die Publikation wurde abgebrochen. Der Autor hat diesem Gelegenheitswerk keine Bedeutung beigemessen und es praktisch totgeschwiegen.

Sein Hauptinteresse gilt der Kurzgeschichte (obschon er für Lejkin auch Gerichtsberichte, Kulturnotizen und Feuilletons schreibt). Das ihm von der Redaktion gesetzte Zeilenlimit von 100 Zeilen pro Geschichte behindert ihn allerdings erheblich, wie er Lejkin vorhält: *Ich habe ein Thema. Ich setze mich hin, um zu schreiben. Der Gedanke an die «100» und «nicht mehr» versetzt meiner Hand einen Schlag schon von der ersten Zeile an. Ich komprimiere soweit wie möglich, siebe, streiche – und manchmal ... auf Kosten des Themas wie (vor allem) der Form. Habe ich komprimiert und gesiebt, beginne ich zu zählen ... Zähle ich 100 – 120 – 140 Zeilen ... packt mich der Schrecken und ... ich schicke sie nicht ab.*[50] Zweifellos hat die strikte Begrenzung auf eine feste Zeilenzahl frustrierend auf Čechov gewirkt. Anderseits aber hat der Zwang zur Kürze seinen Stil geschult, und sooft er sich in seiner Korrespondenz mit ratsuchenden jüngeren Schriftstellern über theoretische Fragen ausläßt, taucht wie ein roter Faden die Mahnung auf, zu kürzen, alles *Überflüssige* wegzulassen, sparsam beim Gebrauch von Adjektiven zu sein usw. Er selber hat diese Anweisung am konsequentesten beherzigt. *Literatur ist Arbeit* – das ist sein Credo; und zwar versteht er unter «Arbeit» das Straffen und Kondensieren bis zur größtmöglichen Einfachheit. Er ist der Meinung, daß wenige präzise Details die Stimmung einer Landschaft, das Timbre einer Figur deutlicher einfangen als allgemeine weitschweifige Beschreibungen. So schreibt er einmal an seinen ältesten Bruder: *Naturbeschreibungen müssen meiner Meinung nach sehr kurz sein und den Charakter des à propos besitzen ... Gemeinplätze muß man bleiben lassen. In Naturbeschreibungen muß man sich an kleine Einzelheiten halten, die man so gruppiert, daß sie beim Lesen, wenn man die Augen schließt, ein Bild ergeben. Du hast zum Beispiel die Mondnacht, wenn Du schreibst, daß auf dem Mühlenwehr der Hals einer zerbrochenen Flasche blitzt wie ein heller*

Stern und wie eine Kugel der schwarze Schatten eines Hundes oder Wolfs vorbeirollt usw.[51]

Čechov, der Meister der Kurzgeschichte, fand durch äußeren Zwang zu einer Virtuosität, die vor ihm kein einziger russischer Prosaist beherrschte. In dieser Hinsicht, freilich nicht nur in dieser, ist er Wegbereiter und Vorbild für viele, nicht nur für russische Schriftsteller geworden.

Die Technik, eine Figur durch wenige spezifische Details zu konturieren, eine Technik, die er bei Tolstoj gelernt haben wird, verdankt sich im Grunde auch dem Bemühen um Kürze. So wie bei Tolstoj bestimmte Attribute (z. B. in «Anna Karenina» Karenins große abstehende Ohren) stereotype Gefühlsreaktionen signalisieren, so dienen auch bei Čechov solche konstant wiederholten Epitheta dazu, in den beteiligten Figuren die immer gleichen Reflexe hervorzurufen. Dadurch, daß Charaktereigenschaften oder sprachliche Ticks seines Personals auf gewisse Stereotypen zusammengedrängt werden, erreicht der Autor eine größere Plastizität seiner Figuren. Ein besonders aufschlußreiches Beispiel für diese Technik findet sich in der Erzählung *Aus den Notizen eines Jähzornigen*. Sie handelt von einem jungen Mann, der während seiner Ferien in einem Haus verkehrt, in dem ein junges heiratswütiges Mädchen bei jeder Gelegenheit romantische Aperçus über Liebe und Ehe zum besten gibt. Jedesmal wenn sie bei ihrem Lieblingsthema ist, schwillt ihre Nase an und wird rot. Dieses Detail, das sparsam, aber systematisch eingesetzt wird, signalisiert den Widerwillen des jungen Mannes gegen das Mädchen, ohne daß dieser verbalisiert wird: das Bild der geröteten geschwollenen Nase reicht völlig aus. In bezug auf das Mädchen ergibt sich ein ähnlicher Effekt: Wenn Gespräche über die Liebe einen derart komisch wirkenden physischen Reflex auslösen, wird, was das Mädchen selber für Liebe ausgibt, in seiner Bedeutung relativiert, das Klischeehafte ihrer angeblichen Gefühle entlarvt. Am Ende der Geschichte sind die beiden freiwillig-unfreiwillig miteinander verheiratet, was der Ich-Erzähler mit lapidarem Unmut so kommentiert: *Varenka drückt sich in einem fort an mich und sagt: «So versteh doch, daß du jetzt mein, ganz mein bist! Sag schon, daß du mich liebst! So sag's schon!» Und ihre Nase schwillt dabei an.*[52] Man hat immer wieder hervorgehoben, daß Čechovs literarische Anfänge keineswegs seine spätere Genialität ahnen ließen. Auch wenn man zugesteht – und viele Zeitgenossen taten dies –, daß er in seinem «Metier» die meisten Kollegen weit übertraf, so bleibt das doch ein relatives Lob, da gemeinhin an Humoresken keine hohen literarischen Ansprüche gestellt werden. Verglichen mit seinen späteren Erzählungen wirken denn auch die frühen Kurzgeschichten eher wie Fingerübungen. Und doch finden sich hier schon Ansätze zu einer neuen Technik, die seither mit seinem Namen verknüpft bleibt: Die Kunst, zu kondensieren und spezifische Details als pars pro toto zu setzen, mit einfachen, unaufdringlichen Wörtern und ohne syntaktische Finessen – sie steigert sich späterhin zu solcher Artistik, daß der Leser hineingezogen wird in ein ganzes Geflecht von Assoziationen, die durch signifikante Bilder oder einen einzigen Charakterzug einer Figur ausgelöst werden. Die komprimierten Figuren, das gestraffte Bild – sie setzen im Leser eine Vielfalt von Imaginationen frei.

Čechovs Maxime: *Die Kunst zu beschreiben besteht in der Kunst zu kürzen* hat für seinen schriftstellerischen Weg noch weitere Konsequenzen: Zeitlebens tut er sich schwer mit der längeren epischen Form. Mehrfach hat er, über größere Zeiträume hinweg, dazu angesetzt, Romane zu schreiben. Von dem verschollenen Projekt *Ein unnützer Sieg* war bereits die Rede. Ein weiterer – literarisch unbedeutender – Roman *Ein Drama auf der Jagd* erschien von August 1884 bis April 1885 in Fortsetzungen in der Zeitung «Novosti dnja». [53] In den Jahren zwischen 1887 und 1889 wird überdies in seinen Briefen immer wieder ein Romankonzept erwähnt, das ihn sehr beschäftigt, aber nie zu Ende geführt wird: *Ich möchte einen Roman schreiben, habe ein wunderbares Sujet, von Zeit zu Zeit überkommt mich der leidenschaftliche Wunsch, mich hinzusetzen und mich an die Arbeit zu begeben, aber ich habe offenbar nicht die Kraft dazu. Ich habe ihn angefangen und Angst, ihn fortzusetzen. Ich habe beschlossen, ihn ohne Eile zu schreiben, nur in guten Stunden, wobei ich ständig korrigiere und feile; ich werde einige Jahre dafür brauchen ... Solange die Stunde für den Roman noch nicht geschlagen hat, werde ich fortfahren, das zu schreiben, was ich liebe, das sind die kleinen Erzählungen von 1–1½ Bogen und weniger.* [54]

Zwischen 1883 und 1886 veröffentlicht Čechov durchschnittlich 120 Kurzgeschichten im Jahr. 1884 kommt ein erster Sammelband unter dem Titel *Märchen der Melpomene* heraus. Eine schon 1882 geplante Sammlung von Erzählungen war am Einspruch der Zensur gescheitert. Überhaupt hat die zaristische – äußerst rigide und oft willkürliche – Zensur in Čechovs Leben eine unheilvolle Rolle gespielt. In der Korrespondenz mit Lejkin ist immer wieder davon die Rede, oft nur mit dem lapidaren Satz: *Ich habe Angst vor der Zensur.* Dann aber auch detaillierter, zum Beispiel in einem Brief aus dem Jahre 1885: *Das Pogrom gegen die «Oskolki» hat auf mich gewirkt wie ein Hieb mit dem Beil ... Einerseits tut es mir leid um meine Arbeiten, andererseits ist mir so stickig, unheimlich zumute ... Natürlich haben Sie recht: besser man steckt zurück und beißt auf Lindenbast, als daß man die Zeitschrift gefährdet und mit Reisig auf das Beil einschlägt ... Wir müssen abwarten und uns gedulden.* [55]

Auch bei seiner Arbeit am Roman fühlt er sich behindert durch die Aussicht, daß der Zensor ihm hineinpfuschen wird: *Ach, was für ein Roman! Wenn die verfluchten Zensurbedingungen nicht wären, würde ich ihn Ihnen für November (1889) versprechen. In dem Roman kommt nichts vor, was zur Revolution aufriefe, aber der Zensor wird ihn dennoch verunstalten. Die Hälfte aller handelnden Personen sagt: «Ich glaube nicht an Gott», es kommt ein Vater vor, dessen Sohn zu lebenslänglicher Katorga*

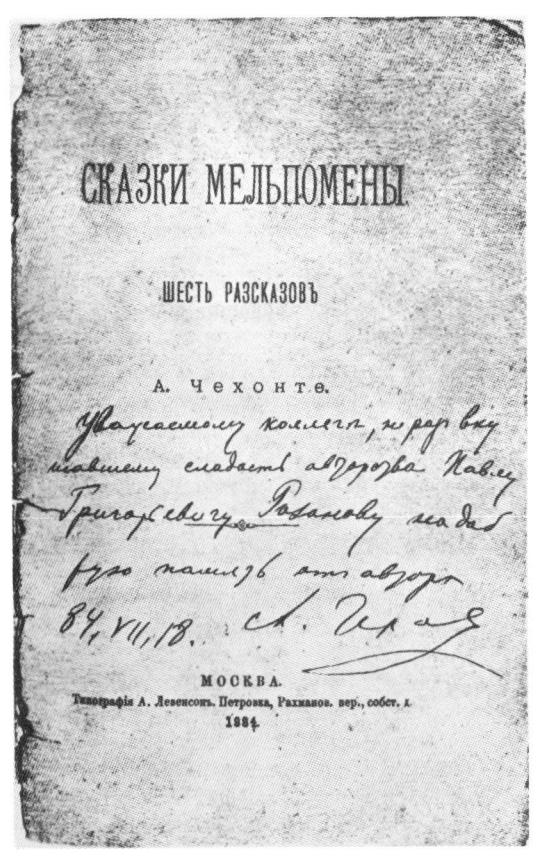

СКАЗКИ МЕЛЬПОМЕНЫ

ШЕСТЬ РАЗСКАЗОВЪ

А. Чехонте.

МОСКВА.
Типографія А. Левенсонъ. Петровка, Рахмановъ. пер., собст. д.
1884

Čechovs erstes Buch: «Märchen der Melpomene», 1884

verurteilt ist wegen bewaffneten Widerstandes, ein Untersuchungsrichter, der sich seiner Polizistenuniform schämt ... usw. Reiches Angebot für den Rotstift.[56]

Die Briefe Lejkins an Čechov enthalten oft detaillierte Bitten um Änderungen. Manchmal zitiert Lejkin den Zensor wörtlich, so 1885: «... man spürt tendenziöse Anspielungen und Spott über die Launen des Schicksals nicht nur bei den kleinen Leuten, sondern auch bei wichtigen Persönlichkeiten.»[57]

Daraus wird ersichtlich: man mußte nicht nur dezidierte politische Diskussionen vermeiden, um der Schere des Zensors zu entgehen: er setzte sie allenthalben an, wo nur ein Schein von Mißtrauen gegen die Obrigkeit sichtbar wurde. Die scharfen Zensurbestimmungen waren eine Folge der politischen Entwicklung in Rußland. Fünf Jahre vor Čechovs Geburt war der Zar Aleksandr II., der sich als Befreier-Zar einen Namen gemacht hatte, auf den Thron gekommen. Nicht nur die Aufhebung der Leibeigenschaft, auch einige andere soziale Reformen wurden unter seiner Regierung durchgesetzt, die vorübergehend eine Liberalisierung des politischen und auch des kulturellen Lebens einleiteten. In diese Epoche fällt übrigens die Blütezeit der russischen Belletristik, für die hier nur die Namen Tolstoj, Dostoevskij, Turgenev, Nekrasov, Leskov, Ostrovskij und Gončarov stehen sollen. Natürlich gab es genug Leute, denen diese Reformen zu weitherzig erschienen, und andererseits gab es solche, denen sie verständlicherweise bei weitem nicht ausreichten. Der im April 1981 verstorbene Jurij Trifonov, einer der begabtesten sowjetischen Autoren, charakterisiert in seinem historischen Roman «Die Zeit der Ungeduld» das Ende der Regierungszeit Aleksandrs II. mit den Worten: «Gegen Ende der siebziger Jahre war den Zeitgenossen klar geworden, daß Rußland krank ist. Nur darüber stritt man, wie die Krankheit heiße und wie sie zu kurieren sei ... Es gab ... Leute, die die Forderung stellten, das ganze vermaledeite System bis auf den Grund zu zerstören.» [58]

So kam es im März 1881 zur Ermordung des Zaren durch eine anarchistische Gruppe, deren Mitglieder sich «Narodniki» nannten. Nach dem Tod Aleksandrs II. verfiel Rußland wieder in restaurativen Despotismus. Die Wiederherstellung der Autokratie hatte verschärfte Polizeimaßnahmen zur Folge. Ein ausgedehnter Spitzelapparat sorgte für die Einhaltung sämtlicher Restriktionen. Aggressiver Nationalismus und fanatischer Klerikalismus taten ein übriges, um die breite Masse ängstlich und mundtot zu machen, aber auch ihre Anwälte, die Schriftsteller. Zieht man ein Fazit über die ersten sechs Jahre von Čechovs literarischer Tätigkeit, so sieht man, daß ihm allenthalben Behinderungen entgegenstanden, die er nur darum überwand, weil er schreiben mußte. Eine Briefpassage vom Januar 1887 hört sich an wie ein Stoßseufzer: ... *wann endlich werde ich leben wie ein Mensch, das heißt arbeiten und keine Not leiden? Derzeit arbeite ich, leide Not und verderbe mir mein Renommée durch die Notwendigkeit, Mist zu schreiben.* [59]

Eine briefliche Äußerung ein gutes Jahr später klingt fast noch frivoler, gesteht Čechov hier doch, daß er wegen des notorischen Geldmangels seiner Familie Texte publiziert, die ihm heftige Skrupel verursachen: *Die Erzählung habe ich an den «Sev. vestnik» abgeschickt. Ich schäme mich ihretwegen ein bißchen. Sie ist schrecklich langweilig und so philosophickerig, daß einem schlecht wird ... Es ist unangenehm, aber sie nicht abzuschicken, ging nicht, weil ich das Geld so nötig brauche wie die Luft.* [60]

Čechovs bissige Selbstkritik an dieser Erzählung – sie trägt den Titel *Lichter* – ist absolut unangebracht. In dieser Geschichte, in der Intellektuelle der typisch russischen Manie des fruchtlosen Philosophierens frönen, wird eben diese Manie subtil und unaufdringlich entlarvt und als Ersatzbefriedigung demaskiert. Die zahlreichen Radotagen sind Mittel der Demaskierung, nicht Selbstzweck; sie vermitteln ein Bild von der damaligen russischen Intelligenz, ihrem Mangel an Aktivität und Veränderungswillen. Die Intelligenz ist – nach Čechovs Überzeugung – unfähig, an der Beseitigung der desolaten sozialen Zustände mitzuwirken.

Diese waren auch zwei Jahrzehnte nach der Aufhebung der Leibeigenschaft nicht grundlegend verbessert worden. Was man in der ersten Euphorie nach der Reform nicht erkannte oder erkennen wollte, zeichnete sich alsbald mit aller Deutlichkeit ab: positiv gewandelt hatte sich nur die rechtliche Situation der Bauern, nicht aber ihre soziale und materielle Lage, die oft noch schlechter wurde. Die Privilegien des Adels indes waren nicht angetastet worden. Materiell hatten sich die Gutsbesitzer sogar durch den nun genehmigten Landkauf der Bauern über Gebühr bereichert. Der gewaltige Zufluß an Bargeld, das die Adligen von den Bauern erhielten, hatte sie eher noch mehr demoralisiert, zu einem aufwendigen Lebensstil animiert. Die Intellektuellen, die diese negativen Auswirkungen der Bauernbefreiung sehr wohl registrierten, waren zerstritten und hatten auch kaum Kontakt zur Unterschicht, so daß koordinierte Protestaktionen unterblieben. Außerdem verstiegen sie sich bei ihren Aktivitäten oft zu Maximalforderungen, die damals nicht zu realisieren waren. Čechov führt das Versagen der Intelligenz allein auf ihre – wie es in der Rahmenhandlung der Erzählung *Lichter* heißt – *geistige Trägheit* zurück, was ganz gewiß einseitig ist. Aber er war eben kein gesellschaftspolitischer Analytiker. Es gibt – im Unterschied etwa zu Tolstoj – von Čechov keine theoretischen Arbeiten. Alles, was er beobachtete, ging in sein dichterisches und epistolarisches Werk ein. In diesem Werk aber liefert er nur Bestandsaufnahmen, die Ursachen der sozialen Mißstände analysiert er nicht. Er tut nur das, was er sich zutrauen mag: nämlich an seinen Figuren, ihrem Tun und Unterlassen, zu zeigen, wie erbärmlich und kümmerlich sie leben. Doch letztlich genügt es ihm nicht, authentische Bilder seiner Epoche zu zeichnen. Eben darum nimmt er seine literarische Tätigkeit nicht ernst. Wirklich ernst nimmt er zu dieser Zeit nur seine Aufgabe als Mediziner.

«Die Medizin ist meine gesetzliche Ehefrau, die Literatur meine Geliebte»

Warum er sich ausgerechnet dem Medizinstudium zugewandt hat, vermag Čechov – wie er behauptet – nicht recht zu erklären. Gleichwohl hat er das 1880 begonnene Studium sehr zielstrebig und kontinuierlich betrieben und wird im Mai 1884 promoviert. Er registriert dieses Faktum mit dem üblichen Understatement: *Ich werde mir ... ein Türschild «Doktor» mit Zeigefinger bestellen, weniger der Arztpraxis wegen als vielmehr zum Schrecken der Hausknechte, Postboten und des Schneiders. Mich, der ich humoristischen Unsinn schreibe, betiteln die Bewohner des Hauses ... mit Doktor, und mir tut es, weil es so ungewohnt ist, in den Ohren weh, meine Eltern dagegen hören es gern ... Sie meinen, ich würde im ersten Jahr schon Tausende scheffeln. Derselben Meinung ist auch mein geduldiger Schneider ... Ich werde die Armen enttäuschen müssen.*[61]

In den Sommermonaten nach dem Examen reist Čechov mit der Familie nach Voskresensk, um Ferien zu machen: *Ich lebe mit Aplomb, denn ich fühle das Ärztediplom in meiner Tasche. Die Natur ringsumher ist herrlich. Freier weiter Raum und absolut keine Sommergäste. Pilze, Angeln und das Zemstvo-Krankenhaus ... Morgens holt mich ein hiesiger Alteingesessener ab, Großvater Prokudin, ein leidenschaftlicher Angler. Ich ziehe die Schaftstiefel an und gehe irgendwohin nach Ramenskoe oder Rubcovskoe, um den Barschen, Großköpfen und Schleien nach dem Leben zu trachten. Der Alte sitzt ganze Tage da, ich begnüge mich mit 5–6 Stunden.*[62]

Aus einer Klinik in der Nähe von Voskresensk erreicht ihn die Anfrage, ob er bereit sei, den dortigen Leiter zu vertreten. Čechov sagt zu und begibt sich nach Zvenigorod. Über seine Arbeit in der Klinik schreibt er an Lejkin: *Ich befinde mich gegenwärtig in der Stadt Zvenigorod, wo ich nach Wunsch des Schicksals den Dienst des Zemstvoarztes versehe, der mich bat, ihn für 2 Wochen zu vertreten. Den halben Tag lang bin ich beschäftigt mit dem Empfang der Patienten (30–40 Mann am Tag), die restliche Zeit ruhe ich mich aus oder langweile mich schrecklich, indem ich am Fenster sitze und in den düsteren Himmel schaue ...*[63]

Sehr viel mehr Einzelheiten als diese pflegt Čechov über seine ärztliche Tätigkeit selten zu berichten. Die Mitteilungen über sein Studium sind – um das nachzutragen – noch spärlicher. Nur von einem Kollegen erfährt man, welche Fürsorge und Geduld er schon als Praktikant bewies: «Er hörte die Kranken immer geduldig an, und trotz aller Erschöpfung hob er nie die Stimme, auch wenn der Kranke womöglich über Dinge sprach, die mit der Erörterung seiner Krankheit nichts zu tun hatten.»[64] Bei seiner anerzogenen Dezenz ist es freilich auch kaum denkbar, daß er selber derartiges über sich offenbart.

Die Patienten in Zvenigorod behandelt er übrigens kostenlos, sie sind so arm, daß er es nicht über sich bringt, Honorare von ihnen zu fordern – eine Gepflogenheit, von der er auch später selten abweicht.

Nach der Rückkehr aus den Ferien, im September 1884, eröffnet Čechov eine Privatpraxis. Ein gutes Jahr später kommt es zu einem Zwischenfall, der ihn sehr schockiert. Während einer Typhus-Epidemie behandelt er die Mutter und drei Schwestern eines befreundeten Malers, die Mutter und eine Schwester sterben. «Unter dem starken Eindruck dieses Ereignisses» nahm Čechov, wie sein Bruder Michail notiert, «sein Arztschild ab, und er hat nie wieder eins besessen.»[65]

Freilich praktiziert er weiter, Freunde und Bekannte suchen häufig seinen Rat, er macht zahlreiche Krankenbesuche, und so ist die Tatsache, daß er das Arztschild abmontiert hat, nur als Akt der Selbstbestrafung zu werten. Man darf das indes nicht mißverstehen. Čechov hat immer wieder betont, wie wichtig ihm seine medizinische Tätigkeit ist: *Meinen Familiennamen und mein Familienwappen habe ich der Medizin geweiht, von der ich bis ans Grab nicht lassen werde. Mit der Literatur werde ich das früher oder später tun müssen. Zweitens müssen die Medizin, die ernsthaft zu sein wähnt, und das Literatur-Spiel verschiedene Spitznamen haben.*[66]

Mit diesen Sätzen aus dem Jahre 1886, kurz nachdem er sein Arztschild entfernt hat, versucht er zu begründen, warum er für seine literarischen Arbeiten Pseudonyme verwendet: sein wirklicher Name soll einer seriösen Beschäftigung vorbehalten bleiben, der Medizin. Auch wenn später die Berufsroutine seine anfängliche Begeisterung dämpft, so bleibt er doch dabei, daß er seine ärztliche Tätigkeit höher einschätzt als seine literarische, worin sich eine zeittypische Wertung der Wissenschaften spiegelt. Überhaupt zollt er den Naturwissenschaften großen Respekt. Darwin zum Beispiel verleitet ihn zu fast emphatischer Anerkennung: *Ich lese Darwin. Ist das herrlich! Ich liebe ihn schrecklich!*[67]

In seiner von Thomas Mann besonders hochgeschätzten *Langweiligen Geschichte*[68] von 1889 ist die Hauptfigur ein alternder, mit Ehren überhäufter Mediziner, den Čechov als einen kritisch-skeptischen Typus zeichnet, einen Mann indes, der trotz aller persönlicher Desillusionierung den objektiven Wert der Wissenschaften nie in Frage stellt: *Noch wenn ich meinen letzten Atemzug tue, werde ich glauben, daß die Wissenschaft das Wichtigste, Schönste und Notwendigste im Leben des Menschen ist, daß sie immer die höchste Offenbarung der Liebe war und sein wird und daß nur durch sie allein der Mensch die Natur und sich selbst besiegen kann.*[69]

Čechov hat schon während des Studiums Pläne für größere medizini-

Unvollendetes Bildnis Čechovs, von Nikolaj gemalt

sche Publikationen skizziert: In der Korrespondenz des Jahres 1883 ist die Rede von einer Untersuchung über «Die Geschichte der Autorität der Geschlechter»; nach Beendigung des Studiums plant er eine Arbeit über «Die Medizin in Rußland». Doch wurden beide Vorhaben nicht ausgeführt, vermutlich aus Zeitmangel. Nach seinem geistigen Habitus versteht er sich als einen Mann, der zwar zwei verschiedene Berufe ausübt, vorwiegend jedoch durch die Naturwissenschaft geprägt ist. Bis in die Zeit seiner Übersiedlung nach Jalta (einige Jahre vor seinem Tod) hat er fortwährend Kranke behandelt; und nur aus gesundheitlichen Gründen, sehr widerstrebend, gab er zum Schluß diese Tätigkeit auf. Solange er irgend konnte, versicherte er stereotyp: *Ich bin Arzt.* Und auf das Drängen eines ihm sehr gewogenen Redakteurs, des Verlegers Suvorin, doch endlich die Medizin aufzugeben, schreibt er im Jahre 1888: *Sie raten mir, nicht zwei Hasen nachzujagen und nicht mehr an die praktische Medizin zu denken. Ich weiß nicht, warum ich nicht zwei Hasen nachjagen sollte ... ich habe ein besseres und zufriedeneres Gefühl, wenn ich mir vor Augen halte, daß ich zwei Berufe habe, nicht nur einen ... Die Medizin ist meine gesetzliche Ehefrau, die Literatur meine Geliebte. Wenn mir die eine auf die Nerven fällt, nächtige ich bei der andern. Das ist meinetwegen unanständig, aber dafür nicht langweilig. Und darum verlieren auch beide nicht durch meinen Treuebruch. Hätte ich nicht meine Medizin, so würde ich in meinen Mußestunden meine überflüssigen Gedanken wohl kaum der Literatur widmen. Ich habe keine Disziplin.*[70]

Fotografie aus dem Jahre 1883

Der *gesetzlichen Ehefrau* verdankt er nicht nur, daß er etwas *Nützliches* leistet, sie hat auch seine schriftstellerische Entwicklung beeinflußt, wie er viele Jahre später gesteht: *Ich bezweifle nicht, daß meine Beschäftigung mit den medizinischen Wissenschaften großen Einfluß auf meine literarische Tätigkeit gehabt hat, sie hat den Horizont meiner Beobachtungen beträchtlich erweitert, hat mich um Kenntnisse bereichert, deren wahren Wert für mich als Schriftsteller nur der ermessen kann, der selber Arzt ist; sie besaß auch richtungsweisenden Einfluß, und wahrscheinlich ist es mir, dank meiner Nähe zur Medizin, gelungen, viele Fehler zu vermeiden. Die Bekanntschaft mit den Naturwissenschaften, mit der wissenschaftlichen Methode hat mich immer wachsam bleiben lassen, und ich habe mich bemüht, mein Schreiben dort, wo es möglich war, mit den wissenschaftlichen Gegebenheiten in Einklang zu bringen, wo dies hingegen unmöglich war, zog ich es vor, gar nicht zu schreiben ... Ich gehöre nicht zu den Schriftstellern, die sich der Wissenschaft gegenüber negativ verhalten; und zu denjenigen, die alles aus ihrem eigenen Verstande schöpfen, möchte ich nicht gehören.*[71] Die etwas umständliche Diktion dieser Passage paßt so gar nicht zu seiner sonstigen ungezwungenen Tonart. Der Kern der Aussage ist freilich unmißverständlich: Sachbezogenheit und Objektivität sind für ihn die wichtigsten Voraussetzungen des Schriftstellers.

Im Zentrum seines dramatischen und seines epischen Werks steht der Mensch. Menschliche Handlungsweisen als objektiver Beobachter zu registrieren und darzustellen, das allein interessiert ihn, also Menschen zu zeichnen in ihrer Kläglichkeit, ja Lächerlichkeit, mit ihren Leiden und Belustigungen, mit ihren Torheiten und ihrer dumpfen Brutalität. Auch alle Partikel der Außenwelt – aus dem Lokalkolorit, aus einer Landschaft etwa oder dem Ambiente der Figuren – wählt er nach der jeweiligen Stimmung oder Verhaltensweise seiner Personen. Dabei gibt er keine Analyse der Figuren, vielmehr pointiert er spezifische Symptome, die sich zu einer Biographie in nuce zusammenfügen.

Die Verschränkung seiner medizinischen und seiner literarischen Tätigkeit besteht aber nicht allein darin, daß im Zentrum beider Berufe der Mensch steht; auch die Methode, mit der er als Schriftsteller Menschen «behandelt», basiert auf wissenschaftlichen Prämissen. So schreibt er bereits 1887: *Für die Chemiker gibt es auf der Erde nichts Unreines. Der Schriftsteller muß genauso objektiv sein wie der Chemiker; er muß sich freimachen von der Subjektivität seines Alltags und wissen, daß die Misthaufen in der Landschaft eine sehr beachtliche Rolle spielen, und böse Leidenschaften dem Leben ebenso eigen sind wie gute.*[72] Worauf Čechov hinauswill, ist dies: Er verlangt vom Schriftsteller, daß dieser sich seinen Figuren, seinen Sujets gegenüber unvoreingenommen (also objektiv) gibt. Die persönliche, subjektive Sympathie oder Antipathie muß – so fordert er – dem Leser verborgen bleiben. Verborgen bleiben muß auch die private Weltsicht, Weltdeutung des Autors; er darf sie in seinem Werk

Anton mit seinem Bruder Nikolaj, 1883

nicht einmal zur Diskussion stellen, sondern muß sie, solange er schreibt, ignorieren: *Ich glaube nicht, daß Schriftsteller solche Fragen wie Pessimismus, Gott usw. klären sollten. Sache des Schriftstellers ist es darzustellen, wer, wie und unter welchen Umständen über Gott oder den Pessimismus gesprochen oder gedacht hat. Der Künstler soll nicht Richter seiner Personen und ihrer Gespräche sein, sondern nur ein leidenschaftsloser Zeuge.*[73]

Die Fähigkeit, als *leidenschaftsloser Zeuge* außerhalb der Handlung und der Figuren zu stehen, hat Čechov bereits in seinen frühen Humoresken bewiesen. Diese Fähigkeit steigert sich – was man lange übersah oder nicht wahrhaben wollte, sogar mißdeutete – von Werk zu Werk. Darüber wird in späteren Zusammenhängen noch zu reden sein. Zunächst erschien es vordringlich, auf die Bedeutung der Medizin für Čechovs schriftstellerische Methode hinzuweisen, wird sie doch gern von einigen Biographen minimalisiert.

Das liegt zum Teil gewiß daran, daß er sich so selten über seine Arzttätigkeit äußert. Er hat sich auch kaum darüber ausgelassen, weshalb er die Medizin niemals als Broterwerb ansieht. Daß er nur selten Honorare von seinen Kranken nimmt, gehört – vordergründig – zu den Ungereimtheiten seiner Biographie: das, was er für einzig nützlich hält – die Heilung von Kranken – soll nicht durch Geld aufgewogen werden; was ihm unnütz

Wohnhaus auf dem Gut Babkino

vorkommt, seine literarische Tätigkeit, betreibt er aus seiner Sicht allein um des Gelderwerbs willen.

Hätte man ihm dies als humanitären Altruismus ausgelegt, was es in der Tat ist, hätte er abgewinkt. Er behandelt das Thema der Arzthonorare eher mit grantiger Beiläufigkeit. So schreibt er im Sommer 1885 an Lejkin: *Die Kranken kommen zu mir gelaufen und fallen mir auf die Nerven. Den ganzen Sommer über hatte ich ihrer einige Hundert, und verdient habe ich insgesamt 1 Rubel.*[74] Diesen Brief schreibt Čechov auf dem Gut Babkino, in der Nähe von Voskresensk, wo er mit seiner Familie die Sommermonate verbringt; er ist dort Gast der Familie Kiselëv, mit der ihn bald eine enge Freundschaft verbindet. Auf diesem Landsitz fühlt er sich außerordentlich wohl, was ein Brief, den er bald nach seiner Ankunft im Mai 1885 schreibt, deutlich verrät (übrigens mit ganz untypischen, fast lyrischen Worten): *Ich schreibe und schaue dabei zum Fenster hinaus. Vor meinen Augen zerfließt eine ungewöhnlich warme, liebliche Landschaft: der Fluß, in der Ferne Wald ...*[75]

Seine Affinität zur mittelrussischen Landschaft schwächt sich auch später, nach vielen Reisen und Auslandsaufenthalten, nicht ab; ihre Anspruchslosigkeit und die Ruhe, die sie ausstrahlt, kommt seinem unruhigen Temperament am ehesten entgegen. Zwei Lieblingsbeschäftigungen, sehr kontemplativen übrigens, geht er auf Babkino ständig nach: dem Pilzesammeln und Angeln. Die mittelrussische Landschaft ist auch Schauplatz vieler Erzählungen und seines gesamten dramatischen Werks. Das ländliche Leben inspiriert ihn aber noch auf andere Weise, woran sein jüngerer Bruder Michail erinnert: «Bauern, kranke alte Frauen, die gekommen waren, um behandelt zu werden, schließlich die Natur selbst – all das gab dem Bruder Anton viele Sujets ein, wirkte sich günstig auf ihn aus.»[76] Mustert man daraufhin seine Erzählungen, so fällt auf, daß viele Figuren dem bäuerlichen Milieu entstammen, die insgesamt authentisch wirken, vor allem dadurch, daß Čechov ihre Redeweise sehr genau kopiert. Der Landsitz Babkino wird auch in den folgenden Jahren der bevorzugte Ferienort der ganzen Familie, die sich jedesmal in einer Dependance einmietet. Die finanzielle Situation, noch immer sehr bescheiden, hat sich so weit gebessert, daß dieser Luxus bezahlt werden kann.

Das Jahr 1886 bringt Čechov wichtige literarische Erfolgserlebnisse, die sich bald nach seinem ersten Besuch in Petersburg anbahnen. In die Residenz war er im Dezember 1885 auf Einladung Lejkins gefahren. Die literarischen Kreise der Hauptstadt nehmen ihn begeistert auf. Lejkin macht ihn mit den Mitarbeitern der renommierten Zeitschrift «Petersburgskaja gazeta» bekannt, in deren Redaktion er, wie er an Aleksandr schreibt, *empfangen wurde wie der Schah von Persien ... Ich war betroffen von dem Empfang, den mir die Piterianer bereitet haben. Suvorin, Grigorovič, Burenin ... Alles hat mich eingeladen, mich gefeiert ... und mir wurde unheimlich zumute, daß ich so nachlässig geschrieben habe, so mit*

Dmitrij Vasiljevič Grigorovič

der linken Hand. Hätte ich gewußt, daß ich so viel gelesen werde, hätte ich nicht so auf Bestellung geschrieben.[77] Zur Erläuterung: Burenin war ein namhafter Literaturkritiker der angesehenen Tageszeitung «Novoe vremja», die Aleksej Suvorin herausgab. In dieser Zeitung, die anfangs eine liberale, später eine stark konservative Tendenz hatte, veröffentlicht Čechov von 1886 an regelmäßig Erzählungen und Feuilletons. Im Verlag Suvorin kommen später auch Sammelbände seiner Erzählungen und seine Dramen heraus. Die fruchtbare Zusammenarbeit mit dem einflußreichen Literaten und Verleger Suvorin ist ein wichtiges Kapitel in Čechovs Biographie, das freilich ein ungutes Ende hat.

Vorerst jedoch, Anfang 1886, fühlt er sich sehr geschmeichelt, zu den Mitarbeitern des «Novoe vremja» zu gehören. Sein erster Brief an Suvorin zeugt von ungewöhnlich artiger Ehrerbietung: *Ich danke Ihnen für das schmeichelhafte Urteil über meine Arbeiten und die rasche Veröffentlichung der Erzählung. Wie erfrischend, ja sogar begeisternd die liebenswürdige Aufmerksamkeit eines so erfahrenen und talentierten Mannes, wie Sie*

*es sind, auf mich als Autor gewirkt hat, werden Sie sich denken kön-
nen* ...[78]

Der dritte Literat, den Čechov in Petersburg kennenlernt, ist der Romancier Dmitrij Grigorovič, damals ein berühmter und weithin respektierter Künstler. Grigorovič ist es, der eigentlich eine Wende in Čechovs schriftstellerischer Laufbahn herbeigeführt hat. Er weckt in ihm ein Selbstwertgefühl, das der jüngere Kollege, im Bewußtsein, bislang nur *mit der linken Hand* geschrieben zu haben, sich verweigert hatte. Nun aber schrieb Grigorovič im März 1886 an Čechov: «Ich bin der festen Meinung, daß Sie echtes Talent haben, – ein Talent, daß Sie hoch über den Kreis von Schriftstellern der neuen Generation hinaushebt ... Sie sind, dessen bin ich sicher, dazu berufen, einige herausragende, wahrhaft künstlerische Werke zu schreiben.»[79] Überdies rät ihm Grigorovič, end-

Russische Landschaft, gemalt von Isaac Levitan, einem Freund Čechovs

lich das Pseudonym abzulegen und weniger Auftragsarbeiten für Zeitschriften anzunehmen. Dieser Brief hat auf Čechov eine immense Wirkung, die – und das ist bezeichnend – keineswegs nur positiv ist. Vielmehr geniert er sich vor diesem prominenten Autor, daß er seine Begabung *bisher nicht geachtet* habe. Gleichwohl überwiegt die Freude über die Anerkennung durch einen erfahrenen Kollegen: *Ihr Brief, mein guter, heißgeliebter Freudenkünder, hat mich getroffen wie der Blitz. Ich hätte beinahe angefangen zu weinen, wurde ganz aufgeregt und spüre jetzt, daß er eine tiefe Spur in meiner Seele hinterlassen hat ... Sie wissen, mit welchen Augen normale Menschen auf die Auserwählten sehen, wie Sie es sind; daran können Sie ermessen, was Ihr Brief für mein Selbstgefühl bedeutet. Er ist mehr als jedes Diplom, für einen angehenden Schriftsteller ist er ein Honorar auf die Gegenwart und die Zukunft. Ich bin wie berauscht. Ich habe nicht die Kraft zu beurteilen, ob ich diese hohe Belohnung verdient habe oder nicht ... Ich kann nur wiederholen, sie hat mich betroffen gemacht ...Bisher habe ich mich gegenüber meiner literarischen Arbeit überaus leichtsinnig, sorglos, unbesonnen verhalten. Ich erinnere mich keiner einzigen Erzählung, an der ich länger als vierundzwanzig Stunden gearbeitet hätte ... Wie Reporter ihre Berichte über Feuersbrünste schreiben, so schrieb ich meine Erzählungen: mechanisch, halb unbewußt, ohne an den Leser zu denken oder an mich selbst ...*[80] Kurz bevor ihn der aufrüttelnde Brief von Grigorovič erreichte, hatte Čechov letzte Vorbereitungen für einen neuen Prosaband unter dem Titel *Bunte Erzählungen* getroffen, der in Lejkins Verlag erscheinen sollte. Grigorovič, der davon wußte, versucht nun Čechov zu bewegen, endlich auf das Pseudonym zu verzichten, unter dem auch dieser Band erscheinen sollte. Aber Čechov sträubt sich: *Viele Petersburger haben mir schon vor Ihnen geraten, das Buch nicht durch ein Pseudonym zu verderben, aber ich habe nicht darauf gehört, wahrscheinlich aus Eigenliebe ... Hätte ich gewußt, daß ich gelesen werde und daß Sie mich beobachten, so hätte ich dieses Buch nicht in Druck gegeben. Alle Hoffnung liegt in der Zukunft. Ich bin erst 26 Jahre alt. Vielleicht wird es mir gelingen, etwas zu schaffen, obwohl die Zeit eilt.*[81] Diese Selbstzweifel äußert Čechov nicht aus Koketterie. Er ist viel zu selbstbewußt und zu feinfühlig, als daß er sich in den Augen anderer herabsetzen möchte. Wenn er sich so kritisch über seine bisherige Produktion äußert, dann deshalb, weil er von sich viel mehr verlangt und auch erwartet. In einem Brief an die Schriftstellerin Kiselëva, eine Freundin aus Babkino, kommt das unüberhörbar zum Ausdruck: *In Piter bin ich zur Mode geworden, wie Nana ... Das schmeichelt mir, beleidigt aber mein Gefühl für Literatur ... Es ist mir für das Publikum peinlich, das literarische Bologneserhündchen hofiert, nur weil es die Elefanten nicht sehen kann, und ich bin überzeugt, daß mich kein Hund mehr kennen wird, wenn ich einmal anfange, ernsthaft zu arbeiten.*[82]

Ernsthaft arbeiten, etwas schaffen wollen, was vor seinen eigenen Au-

1888

gen Bestand hat, das ist von nun ab der Tenor seiner Korrespondenz. Insofern wird der Brief von Grigorovič für ihn zum Schlüsselerlebnis. Zwar wird er auch weiterhin regelmäßig Kurzgeschichten schreiben; doch zieht er nun eine Trennungslinie: Dem «Novoe vremja» mit seinem anspruchsvollen Leserkreis überläßt er nur wenige Geschichten, an denen er lange feilt. Im übrigen beliefert er Lejkins «Oskolki» und andere Zeitschriften weiter mit Humoresken, allerdings sparsamer. Im März 1887 bei einem weiteren Besuch in Petersburg verabredet er mit Suvorin einen neuen Sammelband in dessen Verlag, eine offenkundige Genugtuung, die er freilich herunterzuspielen sucht, wenn er nach der Rückkehr von der Reise schreibt: *Alle meine Veročkas, Hexen, Agafjas usw. reisen morgen nach Piter, und in 2–3–4 Tagen sind sie schon im Satz.*[83]

Das Jahr 1887 ist das Geburtsjahr des Dramatikers Čechov. Im Januar arbeitet er die Erzählung *Kalchas* zu einem Einakter unter dem Titel *Schwanengesang* um. Hauptfigur ist ein alternder Schauspieler, den plötzlich Ängste und Beklemmungen angesichts seiner ungesicherten Existenz überkommen: Ich *begriff ... daß es keine heilige Kunst gibt, daß alles Wahn und Betrug ist, daß ich ein Sklave bin ... ein Possenreißer! Und seitdem habe ich weder dem Applaus mehr geglaubt, weder den Kränzen noch den Begeisterungsstürmen ...*[84] Das Ambivalente des Schauspielerdaseins, hier noch *im Vierviertltakt* behandelt, thematisiert er späterhin öfters in seinem Werk, so in der Komödie *Die Möwe*, so in der *Langweiligen Geschichte*. Nach einer längeren Reise in den Süden Rußlands, die ihn über Charkov nach Taganrog und in die ukrainische Steppe führt, beginnt er im Herbst 1887 die Arbeit an seinem Drama *Ivanov: Das Stück habe ich unverhofft geschrieben, nach einem Gespräch mit Korš* (Leiter eines berühmten Moskauer Theaters). *Ich habe mich schlafengelegt, mir ein Thema ausgedacht und geschrieben. 2 Wochen habe ich dafür gebraucht oder, genauer, 10 Tage ... Die Qualitäten des Stücks kann ich nicht. Es ist verdächtig kurz geraten. Korš hat keinen einzigen Fehler oder Verstoß gegen die Bühne gefunden.*[85] – Wenn oben gesagt wurde, 1887 sei das Geburtsjahr des Dramatikers Čechov, ist das nur insoweit zutreffend, als es sich auf die vom Autor veröffentlichten und für die Bühne freigegebenen Stücke bezieht. In Wirklichkeit hat er schon vor 1887 zwei Dramen geschrieben, deren erstes mit Sicherheit verloren ist, während von dem zweiten (dessen Manuskript er vernichtete) eine Abschrift existiert. Dieses «Stück ohne Titel» – so steht es auf dem Deckblatt – das 1923 zum erstenmal in Rußland publiziert wurde und nach seiner Hauptfigur den Titel *Platonov* trägt, schrieb Čechov während seines Studiums. In den fünfziger Jahren wurde es im Ausland aufgeführt, am eindrucksvollsten wohl von Giorgio Strehler in Mailand, der erhebliche Umarbeitungen am Text vornahm. Der *Platonov* präludiert bereits die Thematik der späteren Dramen; doch agieren hier die – allzu vielen – Personen noch mit einer für den reifen Čechov unüblichen Hektik. Insgesamt gibt es viele dramatische Verwicklungen und die Figuren-Konstellationen sind allzusehr verschränkt. Indes, hier schon wird sichtbar, wie virtuos Čechov Dialoge führt, zum Beispiel dadurch, daß er die Reden seiner Figuren aneinander vorbeigleiten läßt.

Schauplatz ist – wie im *Ivanov*, in der *Möwe*, in *Onkel Vanja*, im *Kirschgarten* – ein russisches Landgut, dessen verarmte Besitzer und ihre zum Teil dem Bürgertum entstammenden Freunde ihrer tristen Geselligkeit nachgehen: flirten, sich langweilen, in Leidenschaft verfallen, sich gegenseitig mit ungehemmten Aggressionen quälen. Die Titelfigur, ein heruntergekommener Adeliger, der als Dorflehrer tätig ist, geriert sich als «Don Juan vom Lande»: ihm sind fast alle Frauenfiguren hörig. Als ein melancholischer Zyniker verkörpert er die Krankheit des fin de siècle: die *Schwindsucht unserer Zeit* bzw. die *gegenwärtige Richtungslosigkeit.* Hellsichtig bescheinigt Platonov sich selber völligen Mangel an Selbstachtung: *Ich bin siebenundzwanzig Jahre alt, dreißig Jahre lang wird es so bleiben – Veränderungen sehe ich keine! – was folgt, ist Verfettung im Schlafrock, Abstumpfen, vollkommene Gleichgültigkeit gegenüber allem, was nicht Fleisch ist, und das ist der Tod! Mein Leben ist vertan.*[86]

Was hier anklingt, was Platonov exemplifiziert, ist der von Čechov als Hauptübel seiner Epoche diagnostizierte Prozeß der allmählichen psychischen und geistigen Abstumpfung der russischen Intelligenz. Platonov ist der Prototyp des lišnij čelovek, des «überflüssigen Menschen», einer in der Literatur (bei Puškin, Gončarov, Lermontov u. a.) oft beschriebenen Symbolfigur der russischen Geistesgeschichte im 19. Jahrhundert. Čechov, der diesen Typus in seinem Werk öfters gestaltet, sieht ihn so: *Auf der einen Seite physische Schwäche, Nervosität, frühe Geschlechtsreife, leidenschaftlicher Durst nach Leben und Wahrheit, Träume von einem Schaffen so weit wie die Steppe, ruheloses Analysieren, Armut an Kenntnissen neben hohem Gedankenflug; auf der anderen – die unermeßliche Ebene, das rauhe Klima, das graue, rohe Volk mit seiner schweren kalten Geschichte, Tatarenjoch, Beamtentum, Armut, Unbildung, die Feuchtigkeit der Hauptstädte, slavische Apathie usw. ... Das russische Leben schlägt den russischen Menschen ... wie ein Stein von tausend Pud Gewicht.*[87]

Čechov führt hier die seelische Abstumpfung und Lethargie der russischen Intelligenz zurück auf die geschichtlichen und geographischen Bedingungen seines Landes, was aber nicht heißt, daß er den Typus des lišnij čelovek damit exkulpiert. Er selber und auch viele seiner Zeitgenossen haben demonstriert, daß man sich der Krankheit dieser Zeit widersetzen, ihrer Ansteckungsgefahr entgehen kann. Doch mangelt es den meisten an Energie und Willensstärke. Platonov zum Beispiel verplempert seine Dynamik in zahllosen unglücklichen Amouren; sie positiv umzusetzen ist er nicht imstande.

Nach Čechovs Überzeugung kann nur Arbeit, nützliche praktische Tätigkeit den Menschen aus seiner Apathie reißen – diese Maxime durchzieht leitmotivisch sein ganzes Werk. Im *Platonov* deutet eine Frauenfigur, die ehemalige Geliebte des gescheiterten einstigen Idealisten, darauf hin. Sie glaubt, sie könnte an seiner Seite wieder ein neues sinnvolles Leben aufbauen. Sie, die ihm, wie sie bekennt, *die Rettung* ihres *geistigen Lebens* verdankt, beschwört ihn: *Ich werde einen Menschen aus dir machen ... Ich werde einen Arbeiter aus dir machen! Wir werden Menschen sein, Michel! Unser Brot werden wir essen, Schweiß vergießen, Schwielen an den Händen haben ... Ich werde arbeiten.*[88]

Es gelingt ihr weder, Platonov aus seiner Lethargie zu reißen, noch seine hektische Aggressivität zu entschärfen. Ihr Appell, zu arbeiten, *diesen Schmutz ... diesen Staub, diese Trägheit* zu überwinden, bleibt ohne Resonanz. Platonov verschanzt sich hinter Ausflüchten: *Wo wirst du arbeiten? Es gibt Frauen, die sind stärker als du, und auch die fallen reihenweise um, vor Nichtstun! Du kannst nicht arbeiten, und was willst du auch schon arbeiten? Sonja, jetzt, in unserer Lage, wäre es sinnvoller, klaren Kopf zu bewahren, statt sich mit Illusionen zu trösten ...*[89]

Hinweise darauf, warum Čechov diese Fallstudie über einen gescheiterten Intellektuellen vernichten wollte, hat er nicht notiert. So muß man vermuten, daß er die künstlerischen Mängel für zu gravierend hielt, als daß er sich zur Publikation hätte entschließen mögen. Der Typus der Hauptfigur aber beschäftigt ihn weiterhin. Im Grunde ist dieser *moralische Bankrotteur* Platonov der – noch etwas kraß konturierte – Vorläufer seiner späteren Protagonisten, vor allem des Ivanov, der Titelfigur seines nächsten Stückes.

Auch Nikolaj Alekseevič Ivanov (der ursprünglich Ivan Ivanovič Ivanov heißen sollte, was eine Art Synonym für «Jedermann» ist) ergeht sich in wehleidigen Selbstanklagen, versinkt in abgründige Melancholie. Anfänglicher Idealismus, jugendliche Weltverbesserungsträume werden vom Sumpf des Alltagslebens verschluckt; und so jammert er ein bißchen, wie alle diese «überflüssigen Menschen», klagt über das sinnlose Dahinplätschern trivialer Zerstreuungen, mokiert sich über seine schlechten Nerven und ändert doch rein gar nichts. Sein Leben fließt ohne Höhepunkte dahin, mit 30 Jahren hat er eigentlich schon resigniert. Die einzige Extravaganz, zu der er den Mut aufbrachte: er hat eine Jüdin geheiratet, was bei dem massiven Antisemitismus im Rußland des ausgehenden 19. Jahrhunderts etwas Ungewöhnliches ist. Doch die Ehe mit dieser Frau, die seinetwegen alles aufgegeben hat, ihr Elternhaus, ihre Konfession, ihr Vermögen, langweilt ihn bereits nach vier Jahren, und obwohl seine Frau an Schwindsucht leidet, verbirgt er seinen Überdruß vor ihr nur mühsam. Nach dem frühen Tod seiner Frau will er sich mit einer reichen Gutsbesitzerstochter liieren (zum Teil in der uneingestandenen Absicht, sich von seinen Schulden zu befreien). Doch kurz vor der Eheschließung erschießt er sich aus Ekel darüber, daß er *lange genug ... die schiefe Ebene abwärts geglitten* ist, und den – wie es in einer früheren Redaktion heißt – *Zorn und Haß* auf sich selbst nicht zu überwinden vermag.

Was den *Ivanov* angeht, so ergibt sich hier der seltene Fall, daß Čechov selber eine Exegese seines Dramas (ursprünglich nannte er es eine «Komödie»!) gegeben hat, und zwar in einem Brief an Suvorin: *Seine Vergangenheit ist wunderschön, wie die der meisten russischen Intellektuellen ... Die Gegenwart ist immer schlechter als die Vergangenheit. Warum? Weil die russische Erregbarkeit eine spezifische Eigenschaft besitzt: sie wird rasch abgelöst durch Ermüdbarkeit ... Er spürt die physische Ermüdung und Langeweile, versteht aber nicht, was mit ihm vorgeht ... Die Veränderung, die in ihm vorgegangen ist, kränkt seinen Anstand. Er sucht die Ursachen außerhalb und findet sie nicht; er beginnt, sie in seinem Innern zu suchen und findet einzig und allein ein unbestimmtes Schuldgefühl ... Zu der Ermüdung, der Langeweile und dem Schuldgefühl fügen Sie noch einen Feind hinzu. Das ist die Einsamkeit. Wäre Ivanov Beamter, Schauspieler, Pope, Professor, dann hätte er sich an seine Situation gewöhnt. Aber er lebt auf einem Gutshof. In einem Landkreis. Die Leute dort sind entweder Trinker, oder Kartenspieler, oder solche wie der Arzt ... Leute wie Ivanov*

Szene aus «Platonov». Aus einer Aufführung im Piccolo Teatro, Mailand. Regie: Giorgio Strehler

lösen keine Fragen, sondern brechen unter ihrer Last zusammen. Sie sind verwirrt, breiten die Arme aus, werden nervös, beklagen sich, begehen Dummheiten und verlieren schließlich und endlich, indem sie ihren schwachen, schlaffen Nerven freien Lauf lassen, den Boden unter den Füßen und treten ein in die Reihen der «Gebrochenen» und «Unverstandenen».[90] Die Uraufführung des *Ivanov* fand am 19. November 1887 in Moskau statt. Čechov hatte sich selber um Einzelheiten der Besetzung und der Regie gekümmert, aus guten Gründen, schreibt er doch seinem Bruder: *Die Schauspieler haben keine Ahnung, reden Unsinn, nehmen sich die falschen Rollen, und ich kämpfe, weil ich glaube, daß das Stück, wenn es nicht in der von mir gemachten Besetzung gespielt wird, durchfällt.*[91]

Dazu kommt es nicht, es läßt sich sogar, obwohl nur vier Proben stattfanden, von einem gewissen Erfolg sprechen. Allerdings gab es bei der Premiere ziemliche Aufregung, wie er seinem Bruder schreibt: *Du kannst Dir nicht vorstellen, was los war! Ein so unbedeutender Scheiß wie mein Stück ... und daraus wird weiß der Teufel was ... bei der Premiere* hat es *eine solche Aufregung im Publikum und hinter der Bühne gegeben ... wie sie der Souffleur noch nie erlebt hat, und der ist schon 32 Jahre beim Theater. Sie lärmten, johlten, klatschten, zischten; am Buffet hätten sie sich fast geprügelt, auf der Galerie wollten die Studenten jemanden rauswerfen, die Polizei hat zwei von ihnen abgeführt ... Am Tage nach der Vorstellung erschien im «Mosk. listok» eine Besprechung von Pëtr Kičeev, der mein Stück ein frech-zynisches, amoralisches Gewäsch nennt. In den «Mosk. vedomosti» hat man es gelobt. Die zweite Vorstellung verlief nicht übel.*[92]

Čechov hat an diesem Drama in der Folgezeit viele Redaktionen vorgenommen. Unzufriedener als mit seinem Stück ist er mit der Inszenierungspraxis. Die Schauspieler hätten, so klagt er, *den Ivanov verhunzt, verzerrt und entstellt.* Dazu wäre zu erläutern, daß die damalige Situation der russischen Theater ohnehin obsolet war. Sie waren, infolge der politischen Restauration und Bevormundung durch die Obrigkeit, auf ein provinzielles Niveau abgeglitten. Outrierte Gestik, pompöse Zurschaustellung der Gefühle, plumpe Schwarzweißmalerei sollten die Dürftigkeit der Sujets überdecken. Čechov beschreibt diese Situation mit subtilem Sarkasmus: *Die modernen Dramatiker stopfen ihre Stücke voll mit Engeln, Schurken und Narren – geh hin und find diese Elemente mal in ganz Rußland! Und wenn du sie wirklich finden solltest, dann nicht in solchen Extremen, wie die Dramatiker sie brauchen.* Genau das Gegenteil intendierte er mit seinem *Invanov: Ich habe originell sein wollen: ich habe keinen einzigen Bösewicht, keinen einzigen Engel geschrieben (von den Narren habe ich allerdings nicht lassen können), ich habe niemanden angeklagt, niemanden gerechtfertigt ...*[93]

Nicht Über-, vielmehr Untertreibung strebt Čechov an, im *Ivanov*, aber auch in seinen späteren Dramen. Das betrifft nicht nur die Sprache,

Um 1891

die Gestik, sondern auch die Figurenzeichnung. Die Figuren reden gesprochene, nicht aber eine Kunstsprache. Auch rhetorische Ticks, charakteristische Redewendungen gehören dazu. So hängt zum Beispiel in
dem 1888 geschriebenen Einakter *Der Heiratsantrag* der Vater der Braut
jedesmal an seine weitschweifigen Aufzählungen ein *und dergleichen
mehr* und demonstriert damit seine Erregtheit und Unschlüssigkeit auf
ungemein komische Weise. Ein Beispiel: Der Streit zwischen ihm und
dem potentiellen Bräutigam hat letzteren so erregt, daß er in Ohnmacht

Bei einer Theaterprobe mit der Schriftstellerin T. L. Ščepkina-Kupernik und der Schauspielerin L. B. Javorskaja. Čechov nannte diese Fotografie «Das Urteil des Paris»

fällt. Daraufhin ruft der Vater erschrocken aus: *Tatsächlich, er ist tot! Großer Gott! Wasser! Einen Arzt! ... Nein, er trinkt nicht ... Er ist also tot und dergleichen mehr.*[94]

Der ihm nicht ganz geheure Erfolg des *Ivanov* beflügelt Čechov gleichwohl, weiterhin *im dramatischen Fach zu sündigen.* «Die Neuartigkeit der

Gedanken und das besondere dramatische Verfahren des Autors lenkten die Aufmerksamkeit auf ihn»[95] – so der Kommentar von Michail Čechov. Sie verstärkten auch das Interesse seines Regisseurs Korš, in dessen Auftrag Čechov 1888 zwei Einakter schreibt, den bereits erwähnten *Heiratsantrag* und *Der Bär*. Beide Stücke haben sich bis auf den heutigen Tag ihre Attraktivität bewahrt; trotz ihres genau lokalisierten Milieus wirken sie mit ihren allzumenschlichen Figuren-Konstellationen zeitlos.

Die Arbeit an dem Einakter *Der Bär* geht zeitweilig einher mit der Niederschrift seiner ersten längeren Erzählung *Die Steppe* – eine Koinzidenz, über die Čechov sich in einem Brief an einen Freund temperamentvoll ausläßt: *Ach, wenn man im «Severnyj vestnik»* (der Zeitschrift, in der *Die Steppe* erscheinen soll) *erfährt, daß ich Vaudevilles schreibe, wird man mich mit dem Bannfluch belegen! Aber was tun, wenn einem die Hände jucken und man Lust hat, irgendein Tralala zu verbrechen! Sosehr ich mich auch bemühe, ernst zu sein, es wird einfach nichts daraus, und ewig wird sich bei mir das Ernste mit dem Banalen abwechseln. Das ist wohl mein Stern.*[96]

Mit dem «Ernsten», der Niederschrift der *Steppe*, tut Čechov sich schwer, immer wieder arbeitet er um, und seine Briefe verraten nicht selten große Unzufriedenheit mit dem Erreichten: *Ich spüre, daß ich vieles bewältigt habe, daß es Stellen gibt, die nach Heu riechen, aber im Ganzen kommt etwas Merkwürdiges und nicht übermäßig Originelles heraus. Da ich nicht gewohnt bin, lange Dinge zu schreiben, aus der ständigen, gewohnten Angst, Überflüssiges zu schreiben, verfalle ich ins Extrem. Alle Seiten geraten mir kompakt, wie gepreßt; es drängen, häufen sich die Eindrücke … Im Ganzen ergibt das kein Bild, sondern … eine Art Konspekt; statt einer künstlerisch runden Darstellung der Steppe biete ich dem Leser eine «Steppen-Enzyklopädie».*[97]

Die Kritik nimmt die im März 1888 veröffentlichte Erzählung mit Enthusiasmus auf. Der renommierte Schriftsteller Garšin ist, wie Čechov sich ausdrückt, *von ihr wie von Sinnen*. Die im ersten Teil dieser Biographie zitierte Passage wird der Leser sich leicht vergegenwärtigen können. Zu ergänzen wäre: Trotz des großen Umfangs, den die Beschreibung einer mehrtägigen Reise durch die Steppe beansprucht, wirkt die Erzählung nie langatmig oder weitschweifig. Die Technik der Aussparung und Andeutung gibt jeder einzelnen Episode ihre besondere Atmosphäre, die sich verdichtet zu einem vielfältigen Figuren- und Landschaftspanorama. Die Erzählperspektive – aus der Sicht eines Kindes – verleiht den Beobachtungen und Begebenheiten eine erregende Magie.

Von allem andern abgesehen, beweist die Erzählung auch, wie wichtig, ja notwendig es für Čechov war, daß er – bestärkt durch den Brief von Grigorovič aus dem Jahre 1886 – vom Schema seiner Humoresken abrückte, sich «ernsten» Sujets zuwandte. Das schließt indes nicht aus, daß er sie nicht mit komischen Details verquickt: es gibt sie gelegentlich auch in der *Steppe*, sie sind aber sehr sparsam eingesetzt, was auch damit zusammenhängt, daß in dieser Geschichte nicht viel «passiert». Und doch ist sie voll von Erleben, wobei die Nebenfiguren, die in ihrem Gleichmut fast beklemmenden Gestalten der Fuhrleute, nicht nur die Staffage bilden, vielmehr haben sie ein, wenngleich diffuses, Eigenleben, von dem die Hauptfigur, der junge Egoruška, nur so viel begreift, daß das Schicksal sie alle *beleidigt und gedemütigt* hat.

Beleidigte und gedemütigte Menschen hat es freilich schon vor 1886 in seinen Geschichten gegeben. Und es ist keineswegs so, daß Čechov danach abrupt die Tonart gewechselt hätte. Eher entsteht der neue Erzählton durch eine Akzentverschiebung, eine stärkere Differenzierung. Das Mischungsverhältnis, das sich bislang fast immer die Waage hielt zwischen «Ernstem» und «Banalem», wird verlagert zugunsten des ersteren. Fast immer ist, was Čechov schildert, komisch und jammervoll zugleich. Das bleibt auch so in den nach 1886 geschriebenen Geschichten, die alle dem alltäglichen Leben entnommen sind. Doch erhalten sie eine andere Dimension: sie sind geprägt von einer untergründigen Verzweiflung über die Schäbigkeit des Daseins, die der Leser heraushören muß; formuliert wird sie nicht. Die Affinität zum Komischen, für die Čechov nun ein Ventil in seinen Einaktern und Dramen gefunden hat, wird in den Erzählungen zurückgedrängt, genauer: sie findet subtilere Formen, reduziert sich auf Andeutungen.

Das zeigt sich bereits bei der 1886 veröffentlichten Erzählung *Gram*, die im geläufigen Wortsinn überhaupt nicht komisch ist. Komisch, im Sinne Čechovs, ist nur die Situation, die wiederum die Inkongruenz zwischen Emotionen und der Reaktion der Umwelt offenbart. Sie handelt von einem Fuhrmann, der seinen Sohn verloren hat und keinen Menschen findet, mit dem er über seinen Kummer reden kann. Es hört ihm einfach niemand zu. Und da geht er zu seinem Pferd und spricht mit ihm: *Stutchen, so ist es nun, Bruder ... Kuzma Ionyč ist weg ... Hat uns Lebewohl gesagt ... Ist krank geworden und gestorben, ganz umsonst ... Sagen wir mal, du hast jetzt ein Fohlen und bist von dem Fohlen die leibliche Mutter ... Und plötzlich, sagen wir mal, sagt dieses selbe Fohlen dir Lebewohl ... Das tut doch weh?* So kommt der Kutscher *ins Reden und erzählt ihm alles.*[98] Mit diesen sparsamen Worten endet die Geschichte, die Čechov dadurch vor Rührseligkeit bewahrt, daß der Kutscher immer wieder sein *Sagen wir mal* hinterherschickt.

Ein Jahr später, 1887, erscheint die Erzählung *Das Glück*, auch sie ist keineswegs «komisch»; vordergründig geurteilt sind es vielleicht die Figuren. Doch der Grundton ist eher Trauer, die der Autor nicht direkt zum Ausdruck bringt, sondern unterschwellig anklingen läßt. Ihr Schauplatz ist ebenfalls die ukrainische Steppe. Die Geschichte setzt ein mit einer impressiven Beschreibung der Steppennacht. Mehrere Schafhirten stehen beisammen und reden über vergrabene Schätze. Sie zu finden, das heißt das «Glück» zu finden, halten sie für ausgeschlossen. Wenn nun aber doch, so fragt ein junger Hirte einen alten, was würde er wohl mit dem Schatz anfangen? *«Ich», fragte der Alte spöttisch. «Hm...! Hauptsache, ich finde ihn, dann werde ich ... allen zeigen, was eine Harke ist ... Hm...! Ich weiß schon, was ich damit anfange...*[99] Er weiß es eben nicht, sondern gibt mit seinem Gestotter zu erkennen, daß er sich noch keine Gedanken darüber gemacht hat. Glück, also Reichtum, das ist für ihn in seiner kläglichen Existenz so weltenfern, daß er nie auf die Idee gekommen ist, es gäbe für seinesgleichen etwas anderes als ewige Armut. Wie soll er also eine konkrete Vorstellung vom «Glück» haben? Genau das drückt sich in seinen halb hilflosen, halb großspurigen Stummelsätzen aus. Sie geben, übersieht man nur keine der vom Autor angedeuteten Details, eine Lebensgeschichte in Abbreviatur.

Čechovs Erzählhaltung, durch die seine Prosa von nun an gekennzeichnet ist, läßt sich am besten mit der von Thomas Mann geprägten Formel der «kritischen Trauer» umschreiben: der Trauer über die Banalität und Hoffnungslosigkeit des Daseins, aber auch darüber, daß die meisten Menschen zu apathisch sind, um sich aus dem Alltagssumpf, der Heuchelei und der parasitären Trägheit zu befreien. Kompositorisch drückt sich diese resignative Haltung unter anderem auch darin aus, daß fast alle Erzählungen einen offenen Schluß haben, freilich nicht in der Absicht, mehrere Auflösungen zu insinuieren, vielmehr so, daß der Leser schon weiß, wie es weitergeht: genauso trist und kümmerlich wie in der ganzen erzählten Geschichte. Und wenn sich doch einmal ein Allerweltsglück ereignet, dann wird dieses Glück von den Figuren wie ein verdächtiger Luxus hingenommen, der als ebenso überflüssig betrachtet wird *wie Medizin für den Gesunden.*

Schaffenskrise

In seinem «Versuch über Čechov» bekennt Thomas Mann, die 1889 erschienene *Langweilige Geschichte* habe an «stiller trauriger Merkwürdigkeit in aller Literatur» nicht ihresgleichen. Ihre Hauptfigur, ein alternder Wissenschaftler, «selbstkritisch» genug, «seine Berühmtheit und die Devotheit, die man ihm zollt, albern zu finden», sei «in tiefster Seele ein Verzweifelter».[100] Seinem Leben fehlte *eine allgemeine Idee*; und so ist dieser alte, mit Ehren überhäufte Mann allmählich gleichgültig geworden gegenüber allem, was seine berufliche und private Existenz betrifft. Zugleich aber erschreckt ihn seine Teilnahmslosigkeit: *Es heißt, Philosophen und wahrhaft Weise seien gleichgültig. Das stimmt nicht – Gleichgültigkeit ist eine Lähmung der Seele, vorzeitiger Tod.*[101] Dieser Satz – er stammt von Pythagoras – muß als Schlüsselsatz gelten, der Čechovs Denken am nachhaltigsten geprägt hat. Bereits im *Platonov* findet er sich, wenngleich verkürzt, in einer Selbstaussage der Titelfigur: *Abstumpfen vollkommene Gleichgültigkeit gegenüber allem . . . ist der Tod.*[102] Diese Indolenz der russischen Intellektuellen ist – das wurde schon mehrfach betont – eines der Leitmotive im Werk Čechovs. Thomas Mann, der es erstaunlich findet, daß ein noch nicht Dreißigjähriger diese Geschichte der Resignation eines alten Mannes geschrieben hat, bewundert gewiß nicht allein die intuitive Hellsicht eines noch jungen Autors (die besaß er schließlich selber). Was er indes ausspart: Čechov zeichnet hier eine Daseinsform, die ihm selber durchaus nicht fremd war, deren Versuchungen er nicht selten verspürt hat. Nur: anders als seine literarische Figur, kämpft Čechov gegen diese Versuchungen an. Zeitlebens mobilisiert er bewußt einen heftigen Widerwillen gegen das, was er einmal, in Anspielung auf Gončarovs Roman «Oblomov», *ein Schlafrockverhältnis zum Leben* genannt hat. Das in der *Langweiligen Geschichte* auch enthaltene Psychogramm des Autors deckt sich also nur teilweise mit dem des alternden Wissenschaftlers, der sich im Gegensatz zu seinem Exegeten nicht mehr gegen seine Apathie auflehnt. Čechov hat einmal mit Nachdruck versichert: *Ich verachte die Faulheit, so wie ich Schwäche und Trägheit der seelischen Regungen verachte.*[103] Das ist Ausdruck eines Abwehrmechanismus, zu dem er sich in jahrelanger Selbstdisziplinierung erzogen hat.

Jedoch: Hineindenken in die Mentalität seines Protagonisten kann er sich durchaus! Nur, er identifiziert sich nicht mit ihr, wie er generell die Identifikation mit seinen Figuren ablehnt. Beschreiben kann er solche Seelenzustände nur aus äußerster Distanz. Daher erklärt sich auch sein Rat an den jüngeren, ihn verehrenden Schriftsteller Ivan Bunin: *Man soll sich nur dann zum Schreiben hinsetzen, wenn man sich so kalt fühlt wie Eis.*[104] Nur distanzierte Kälte gibt ihm Sätze ein wie die, die der alte Mann in der *Langweiligen Geschichte* vor sich hin grübelt: *Ich denke, denke lange nach, und mir fällt nichts mehr ein. Und soviel ich auch nachdenke, und wohin auch meine Gedanken schweifen mögen, für mich ist es klar, meinen Wünschen fehlt etwas Wesentliches, etwas sehr Wichtiges. Meiner leidenschaftlichen Hingabe an die Wissenschaft, meinem Wunsch zu leben ... und dem Bestreben, mich selbst zu erkennen, allen Gedanken, Gefühlen und den Begriffen, die ich mir über alles gebildet habe, fehlt etwas Gemeinsames, was dies alles zu einem Ganzen verbinden würde ... in all den Bildern, die meine Phantasie sich ausmalt, würde selbst der geschickteste Analytiker nichts von dem finden, was man eine allgemeine Idee oder den Gott des lebendigen Menschen nennt. Und wenn das nicht vorhanden ist, so ist überhaupt nichts vorhanden.*[105]

Hatte Čechov im Gegensatz zu seinem Protagonisten eine *allgemeine Idee*? Sicherlich nicht, doch hatte er ein Lebenskonzept, das ihn von seinen Anwandlungen zur Passivität ablenkte, er hatte eine Alternative. So schreibt er anläßlich einer Reise in den Süden Rußlands, im Sommer 1888: *Ich war in Lebedino, in Gadjač, in Soročincy und an vielen durch Gogol berühmt gewordenen Stätten ... Alles, was ich sah und hörte, war so neu, schön und gesund, daß mich den ganzen Weg ein betörender Gedanke nicht losließ – die Literatur hinzuwerfen, die mir fade geworden ist, und mich in einem Dorf am Ufer des Psël niederzulassen und mich als Arzt zu betätigen.*[106] Geht man diesen Wunschträumen nach – er hat sie natürlich nicht realisiert –, so wird endlich ganz und gar deutlich, welche Funktion der Arztberuf in Čechovs Leben hat: Er ist der zweite Weg, die Alternative, ein Ausweg aus paralysierender Indolenz und Apathie. Auch darum, vor allem darum hat er beinahe bis in die letzten Lebensjahre hinein be-

Zeichnung von Anton Čechov

kräftigt, daß er von diesem Beruf nicht lassen werde. Nur so weiß er sich gefeit gegen die Krankheit seiner Epoche, die *Richtungslosigkeit*, gegen das Leben ohne *eine allgemeine Idee*. Nicht der Akt des Schreibens gewährt ihm, wie vielen anderen Schriftstellern, die Möglichkeit der Selbsttherapie, sondern die Fähigkeit, auf zwei nebeneinanderlaufenden Gleisen zu denken und zu arbeiten.

Die literarische Tätigkeit, die ihm *fade geworden* ist, verschafft ihm noch im Oktober des gleichen Jahres ein großes Erfolgserlebnis: Die Akademie der Wissenschaften verleiht ihm für seinen Erzählungsband *In der Dämmerung* (erschienen 1887) den mit 500 Rubeln dotierten Puškin-Preis, eine Auszeichnung, die in der Öffentlichkeit Aufsehen erregt, aber auch ihm selber Genugtuung bereitet, freilich keine einhellige, wie man einem Brief an Grigorovič, der Mitglied der Jury war, entnehmen kann: *Der Preis ist für mich natürlich ein Glück, und wenn ich sagen würde, daß er mich nicht in Aufregung versetzte, so würde ich lügen. Ich fühle mich, als hätte ich ein Studium abgeschlossen ... Gestern und heute laufe ich von einer Ecke in die andere, wie ein Verliebter, arbeite nicht und denke nur nach. Natürlich – das steht außer jedem Zweifel – habe ich den Preis nicht mir zu verdanken. Es gibt junge Schriftsteller, die besser und nützlicher sind als ich ... Geben Sie zu, wenn Sie drei nicht gewesen wären, ich hätte den Preis so wenig zu sehen bekommen wie meine Ohren. Ich will nicht den Bescheidenen spielen und Sie versichern, daß Sie alle drei voreingenommen gewesen seien, ich den Preis nicht wert sei usw. – all das wäre alt und langweilig; ich will nur sagen, daß ich mein Glück nicht mir zu verdanken habe.*[107]

Was vordergründig als Ausdruck der Bescheidenheit zu deuten wäre in dieser Briefpassage, läßt sich leicht ermitteln; was jedoch Ausdruck eines Gefühls von Unzulänglichkeit ist, bleibt kaschiert und wiegt um so schwerer. Dies ist keine affektierte Attitüde, die ein Dementi provozieren will; in diesen Sätzen verbirgt sich vielmehr die Angst, den eigenen Ansprüchen nicht zu genügen. Das scheint mir das Entscheidende zu sein, und das ist, genau betrachtet, das Gegenteil von Bescheidenheit.

Die gleiche Aufrichtigkeit spricht aus einem Brief Čechovs an seinen Verleger: *Um noch einmal offen zu sein, so habe ich mit meiner literarischen Tätigkeit noch nicht begonnen, auch wenn ich den Preis bekommen habe ... Mir gefällt es nicht, daß ich Erfolg habe; die Sujets, die mir im Kopf sitzen, sind auf ärgerliche Weise eifersüchtig auf das bereits Geschriebene; es ist kränkend, daß der Quatsch bereits getan ist, das Gute aber im Magazin herumliegt wie Bücherramsch. Natürlich ist an dieser Wehklage vieles übertrieben, vieles erscheint mir nur so, aber ein Teil daran ist wahr, und zwar ein großer Teil.*[108] Das Gefühl des Versagens den eigenen Ansprüchen gegenüber, das Čechov immer wieder überfällt, korrespondiert mit der Furcht, sich allzu bald auszuschreiben. Woher die Angst rührt? *Erstens bin ich jenes «Glückskind ohne Ahnen», in der Literatur bin*

Eine Manuskriptseite Čechovs mit zuerst ausradierten,
dann auch noch durchgestrichenen Stellen

ich ein Potëmkin ... ich bin ein Kleinbürger unter Adeligen, und solche Leute halten nicht lange durch, wie eine Saite, die man zu rasch spannt. Zweitens läuft der Eisenbahnzug die größte Gefahr zu entgleisen, der tagtäglich fährt, ohne zu halten, ungeachtet des Wetters und der Menge an Brennstoff.[109] Die Befürchtung, er könne wegen seiner psychischen und physischen Konstitution *nicht lange durchhalten*, resultiert zum Teil auch aus Überarbeitung: Nach wie vor schreibt er weiterhin Erzählungen für verschiedene, jetzt aber nur noch anspruchsvolle Zeitschriften. Die Hauptursache seiner Irritationen ist indes woanders zu suchen. Ihn peinigt in den Jahren des äußeren Erfolgs die Angst, er könne letzten Endes der russischen Literatur nicht nützen, habe bald nichts Neues mehr zu sagen. Formulierungen wie, möglicherweise werde er *bald nicht mehr gebraucht*, oder ein Autor wie Korolenko sei *besser und nützlicher* als er selber (Korolenko war ein politisch engagierter, progressiver Schriftsteller) – solche Formulierungen deuten auf eine erhebliche Verunsicherung hin.

Daß er in seinen Briefen immer wieder auf diesen Komplex zurückkommt, rührt daher, daß die Kritik ihm ständig vorwirft, er als Autor beziehe in seinem Werk nie einen eindeutigen Standpunkt, enthalte sich jeder Stellungnahme. Von der Kritik fallen Formulierungen wie *Richtungslosigkeit*, sogar *Prinzipienlosigkeit*. Damit trifft sie, wie man Čechovs heftigen Reaktionen entnehmen kann, auf einen neuralgischen Punkt. Erregt kontert er: *Ist etwa auch in meiner letzten Erzählung (Der Namenstag) keine «Richtung» zu erkennen? Sie sagten mir einmal, in meinen Erzählungen fehle das Element des Protests, es gebe darin keine Sympathien und Antipathien ... Aber protestiere ich denn in der Erzählung nicht von Anfang bis Ende gegen die Lüge? Ist das denn keine Richtung? Nein? Nun, dann kann ich also nicht beißen, oder ich bin ein Floh ...*[110] Das Mißverständnis gegenüber seiner Erzählerposition hat ihn, wie man sieht, erbittert. Er setzt einen Leser voraus, der seiner Kunst der Aussparung, der Andeutung zu folgen vermag, selber seine Schlußfolgerungen zieht und sich durch die Mentalität des Autors nicht bevormunden läßt. Eben das begriff man nicht. Doch ihm widerstrebt es, den moralischen Zeigefinger zu erheben: *Angst habe ich vor denen, die zwischen den Zeilen eine Tendenz suchen und die mich unbedingt als einen Liberalen oder als Konservativen sehen wollen. Ich bin kein Liberaler, kein Konservativer, kein Reformanhänger, kein Mönch, kein Indifferenter. Ich möchte ein freier Künstler sein und nichts weiter ...*[111]

Diese Absage an jedwedes literarische Programm, an jede Form der weltanschaulichen Parteinahme innerhalb seines Werkes bleibt ein lebenslanges Credo, für das er wenig Sympathie findet. Sein Verleger Suvorin, dem er sich immer enger anschließt, den er häufig in Petersburg besucht und mit dem er eine umfangreiche Korrespondenz führt, gehört zu den wenigen, die Čechovs Intentionen halbwegs verstehen und akzeptie-

Melichovo, 1892

Die Nikolausbrücke in Petersburg

ren. Er charakterisiert dessen Weltsicht als «vollkommen selbständig, sehr kompliziert, human, aber ohne Sentimentalität, unabhängig von jeglichen Richtungen»[112].

Im Jahre 1888 äußert Čechov zum erstenmal Pläne, von Moskau fortzuziehen und sich ein Landgut zu kaufen. Realisiert wurden diese Pläne erst vier Jahre später, doch zeigt sich schon jetzt, daß er – obgleich inzwischen in Moskauer literarischen Kreisen und verschiedenen Schriftsteller-Vereinigungen etabliert – unzufrieden mit seinem bisher erreichten Status, unzufrieden vor allem mit seinem Werk ist. Er ist der Meinung, daß er mit seiner *literarischen Tätigkeit noch nicht begonnen* habe. Der 1887 in Moskau uraufgeführte *Ivanov*, an dem er unentwegt Änderungen vornimmt, erscheint ihm mißlungen, und nur zögernd gibt er ihn dem Petersburger Aleksandra-Theater, wo er am 31. Januar 1889 Premiere hat. Čechov, bei der Aufführung, die übrigens ein voller Erfolg wird, anwesend, ist unbefriedigt: *Die Konturen meines Ivanovs sind richtig, angefangen ist er, wie es sein soll ... verdorben hat ihn die Kolorierung.*[113]

An dem Gefühl der Unzufriedenheit kann auch der Petersburger Erfolg nichts ändern, der übrigens in Moskau ganz offensichtlich ignoriert wird: *In Moskau riecht es nicht nach Petersburg. Ich sehe täglich hundert Leute, höre aber kein Wort über den «Ivanov», als hätte ich dieses Stück nie geschrieben, und die Ovationen und Erfolge von Piter erscheinen mir wie ein unruhiger Traum, aus dem ich herrlich ausgeschlafen erwacht bin. Apropos Erfolg und Ovationen. All das ist so laut und befriedigt so wenig, daß man im Endeffekt nichts verspürt als Ermüdung und den Wunsch, wegzulaufen, wegzulaufen ... Mein Kopf ist voll von Gedanken an den Sommer und an die Ferien. Tag und Nacht träume ich von dem Bauernhof ... Im Heu zu liegen und einen Barsch an der Angel zu haben, befriedigt mein Gefühl weit mehr als Rezensionen und die applaudierende Galerie.*[114]
Die Resignation, die aus diesen Zeilen spricht, hängt zum Teil auch mit seinem Gesundheitszustand zusammen. Im Oktober 1888 hatte er einen heftigen Blutsturz gehabt, dessen Ursachen er freilich wieder vertuschen möchte. Gleichwohl ist er beunruhigt: *Jeden Winter, Herbst und Frühling*

und an jedem feuchten Sommertag habe ich Husten. *Aber das erschreckt mich nur dann, wenn ich Blut sehe: das Blut, das mir aus dem Mund quillt, hat etwas Unheilverkündendes, wie ein Feuerschein. Wenn ich kein Blut sehe, regt es mich nicht auf, und ich drohe der russischen Literatur nicht mit einem «weiteren Verlust»... Wenn der Bluthusten...Symptom einer beginnenden Schwindsucht gewesen wäre, wäre ich längst nicht mehr auf dieser Welt – das ist meine Logik.*[115] So versucht er, seine eigenen Zweifel zu zerstreuen, mit seiner *Logik* etwas zu rationalisieren, was als unterschwellige Angst nicht ins Bewußtsein gelassen wird. Konfrontiert man diesen Passus mit seinem Geständnis, er fühle sich *wie eine zu straff gespannte Saite*, bedenkt man zudem, wie diszipliniert er sein *Departement* nach außen abriegelt, dann darf man doch vermuten, daß er tiefer beun-

«Čechov am Scheidewege», Karikatur von M. M. Dal'kevič in der Zeitschrift «Oskolki» (Splitter), 1889. Auf den Wegweisern steht: Weg des Dramatikers – Weg des Erzählers

Plakat der Uraufführung von «Onkel Vanja»
im Moskauer Künstlertheater, 1899

ruhigt ist, als er zugibt. Dazu paßt außerdem, daß er, der Arzt, sich bei seinem schwerkranken Bruder Nikolaj eine Fehldiagnose zuschulden kommen läßt. Dessen Gesundheitszustand hatte sich im Frühjahr 1889 rapide verschlechtert, er litt an Schwindsucht, doch Čechov vermutet zunächst eine Lungenentzündung: den tödlichen Ernstfall wollte er nicht wahrhaben.

Im Mai 1889, bei einem gemeinsamen Sommeraufenthalt der Familie in Sumy, in Südrußland, muß er allerdings feststellen, daß das Leiden seines Bruders unheilbar ist. Bezeichnenderweise nennt er in einem Brief an Aleksandr die Krankheit Nikolajs *einen chronischen Lungenprozeß.* Das ist medizinisch korrekt, aber so allgemein formuliert, daß man meinen kann, Čechov hat den wahren Namen der Krankheit tabuisiert. Im weiteren Brieftext, der dann unumwunden den bevorstehenden Tod *des*

Malers ankündigt, vermeidet er alle Gefühlsbekundungen, artikuliert sich so karg wie möglich. Ebenso karg, beinahe unbeteiligt, wirken seine Briefe nach dem Tod Nikolajs, der am 17. Juni 1889 eintrat. Čechov hält sich zu diesem Zeitpunkt nicht in Sumy auf; er wird telegrafisch zurückgerufen. Vergegenwärtigt man sich, daß er – nach Aussage seiner Angehörigen – diesen Bruder besonders geliebt hat, könnte man über seine Beschreibung des Begräbnisses erstaunt sein: Sie ist so knapp und herb wie die Diktion seiner Prosa: *Zur Strafe, daß ich weggefahren war, blies die ganze Fahrt über ein ... kalter Wind ... mein Leben lang werde ich weder die schmutzige Straße noch den grauen Himmel, noch die Tränen an den Bäumen vergessen; ich sage – nicht vergessen, weil am Morgen aus Mirgorod ein Bäuerlein kam und ein durchnäßtes Telegramm brachte: «Kolja gestorben.» ... Beerdigt wurde er auf dem Dorffriedhof unter Honigkraut; das Kreuz ist weithin sichtbar. Ich glaube, er liegt sehr gemütlich.*[116]

Alles, was er, was seine Eltern und Geschwister angesichts dieses Todesfalles empfinden, bleibt ausgespart. Wie tief getroffen er ist, kann man nur erraten, und zwar aus einer ganz ungewöhnlichen Reaktion: Zum erstenmal im Leben zeigen sich bei Čechov Symptome eines Fluchtinstinkts. So wie er kurz vor dem Tod des Bruders geflohen war, überkommt ihn auch danach das Bedürfnis zu fliehen, *irgendwohin zu fahren, nach Berdičev, nach Sibirien – es war egal.* Tatsächlich fährt er dann nach Odessa und Jalta. Es steht zu vermuten, daß er flieht, um nicht direkt den Auswirkungen einer Krankheit konfrontiert zu bleiben, vor der er begründete Furcht haben muß. Daß er dann ein dreiviertel Jahr später wirklich nach Sibirien flieht, hängt zweifellos mit diesem Ereignis zusammen.

Freilich gibt es dafür ein ganzes Bündel von Motiven, u. a. auch eine sich immer mehr verstärkende Literaturmüdigkeit, die er seinem Freund Suvorin anvertraut: *... auf einmal, wie aus heiterem Himmel, mag ich meine Werke nicht mehr gedruckt sehen, bin gleichgültig geworden gegenüber Rezensionen, gegenüber Gesprächen über die Literatur, gegenüber Gerüchten, Erfolgen, Mißerfolgen, gegenüber hohen Honoraren – mit einem Wort, ich bin ein Riesenidiot geworden. In meinem Herzen herrscht eine Art Stillstand. Ich erkläre dies mit dem Stillstand in meinem persönlichen Leben. Ich bin weder enttäuscht noch müde noch deprimiert, es interessiert mich alles nur irgendwie weniger. Ich muß mir Feuer unter den Hintern machen.*[117]

Schon bevor dieser Brief geschrieben wurde, hatte Čechov zwei Akte eines Dramas beendet, das dann den Sommer über liegenblieb und erst im Herbst 1889 beendet wird. *Der Waldschrat*, das dritte der erhalten gebliebenen Stücke, sollte in Petersburg uraufgeführt werden. Dazu kommt es nicht, und so übergibt er es, halb widerwillig, einer Moskauer Privatbühne, wo es am 27. Dezember 1889 Premiere hat. Sie wird zu einem spektakulären Mißerfolg; im vierten Akt wird sogar gezischt. Reak-

Zwei Fotos aus Sachalin, von Čechov aufgenommen

tionen des Autors sind nicht überliefert, ausdenken kann man sie sich durchaus. Der Wunsch, sich *zu verkriechen*, wird nun allerdings unüberhörbar. Bereits wenige Wochen nach der Premiere konkretisiert Čechov seine Reisepläne: Er möchte in den äußersten Osten Sibiriens fahren.

Übrigens hat er den *Waldschrat* später nie in die von ihm selber noch verantworteten Werkausgaben aufgenommen. Wann er ihn umarbeitet, zu dem 1896 beendeten *Onkel Vanja*, ist nicht zu ermitteln. Vorerst aber glaubt er, daß seine Theaterarbeit definitiv zu Ende sei, gesteht er doch bald nach der Premiere des *Waldschrat*, daß er *eben erst dem Theater den Rücken gekehrt* habe. Kränkend war für ihn schon vor der Aufführung das lange Stillschweigen, in das sich der Regisseur und die Kritik nach Erhalt des Manuskripts hüllten, ein *idiotisches Spiel*, wie er verbittert anmerkt. Schließlich sickerte durch, daß ein Kritiker den *Waldschrat* für eine «sehr schöne dramatisierte Novelle» hielt. Das ließ sich auch negativ interpretieren, und Čechov nahm es so auf.

Diese Enttäuschung, der Tod des Bruders und eine generelle Unzufriedenheit mit allem, was er bislang geschrieben hatte, dazu die unablässige Krittelei der Presse an seiner *Tendenzlosigkeit* – das sind die Ursachen, die Čechov in ein Abenteuer treiben, das der Forschung noch immer Rätsel aufgibt. Ratloser noch als die heutigen Kenner seiner Biographie waren die meisten Zeitgenossen. Seinem Verleger Suvorin gegenüber, der dieses Projekt kritisiert, rechtfertigt er sich ausführlich. Seine Reise zu der Sträflingsinsel Sachalin, der größten Katorga des damaligen Rußland, begründet er mit den Worten: *Ich fahre in der festen Überzeugung, daß meine Reise weder für die Literatur noch für die Wissenschaft einen wertvollen Beitrag erbringen wird: dazu reichen weder meine Kenntnisse noch meine Zeit, noch meine Ambitionen ... Ich will, wenn es geht, 100– 200 Seiten schreiben und damit ein wenig an meine Medizin entrichten, der gegenüber ich, wie Ihnen bekannt ist, ein Schwein bin. Vielleicht werde ich gar nicht imstande sein, etwas zu schreiben, trotzdem verliert diese Reise für mich nicht ihren Reiz: indem ich lese, mich umsehe und umhöre, erfahre und lerne ich vieles ... Sie schreiben, Sachalin brauche niemand und sei auch für niemanden von Interesse. Sollte das wahr sein? Sachalin nicht brauchen und uninteressant finden kann nur eine Gesellschaft, die Menschen nicht zu Tausenden dorthin verbannt und nicht Millionen dafür ausgibt ... Sachalin, das ist ein Ort der unerträglichsten Leiden, deren ein freier und unfreier Mensch überhaupt fähig ist ... Ich bedaure, daß ich nicht sentimental bin, sonst würde ich sagen, daß man nach Orten wie Sachalin wallfahren müßte wie die Türken nach Mekka ... Aus den Büchern, die ich gelesen habe und lese, geht hervor, daß wir in den Gefängnissen Millionen von Menschen haben verfaulen lassen, umsonst verfaulen, ziellos, barbarisch; wir haben die Menschen in Ketten Zehntausende von Verst durch die Kälte getrieben, sie mit Syphilis infiziert, demoralisiert, Verbrecher vermehrt und all das auf die rotnasigen Gefängnisaufseher abge-*

wälzt. Heute weiß das gesamte gebildete Europa, daß nicht die Aufseher schuld sind, sondern wir alle ...[118]

Nirgendwo in seiner Korrespondenz hat Čechov sich je so dezidiert, ja aggressiv über die sozialen Mißstände Rußlands geäußert wie in diesem Brief an Suvorin. Der gereizte Ton resultiert zum Teil daraus, daß Suvorin geäußert hatte, Sachalin sei für einen gebildeten Menschen «uninteressant». Darum fühlt Čechov, der als Arzt genug Elend und Armut kennengelernt hat, sich zu dieser ausführlichen Replik gedrängt. Sie enthält aber auch ein gut Teil Selbstrechtfertigung: Den Entschluß zu fliehen, will er nicht als bloße Caprice gewertet sehen, er wird verquickt mit tieferen, altruistischen Beweggründen. Anderen gegenüber, die ihm nicht so nahe stehen wie sein Verleger, möchte er das freilich nicht offenbaren; da erklärt er nur: *Ich fahre nicht um der Beobachtungen und Eindrücke willen, sondern einfach, um ein halbes Jahr nicht so zu leben, wie ich bisher gelebt habe.*[119]

Das ist eine schlichte, aber ungemein charakteristische Untertreibung. Denn tatsächlich hat er sich vorgenommen, auf Sachalin die inhumanen Existenzbedingungen der Häftlinge zu untersuchen, was er dann auch tat. Um nicht zu leben, wie er *bisher gelebt* hatte – dazu hätte es nicht einer so strapaziösen Reise bedurft. Und außerdem: Čechov hat sich durch eingehende Recherchen schon Monate vor der Abfahrt nach Sibirien auf sein Forschungsvorhaben vorbereitet. Am 21. April 1890 bricht er auf. Den größten Teil der Strecke legt er in einer Pferdedroschke zurück. Tagsüber herrscht oft große Hitze, dagegen des Nachts schneidende Kälte. Insgesamt dauert seine *Wanderschaft zu Pferde* zwei Monate. Für den letzten Teil der Route benutzt er Schiffe; und Anfang Juli erreicht er Sachalin. Sein Gesundheitszustand ist – wie er seiner Familie versichert – recht gut. Anfangs litt er noch unter Bluthusten, der ihn *irgendwie verzagen ließ, weil* er *finstere Gedanken weckte*, doch dann bessert sich seine Verfassung. Die Briefe, die Čechov von dieser abenteuerlichen Reise an seine Verwandten und Freunde schickt, wirken durchaus nicht alle nur depressiv. Sehr temperamentvoll skizziert er die lokale Atmosphäre der einzelnen Reisestationen, die faszinierende Landschaft und seine Gespräche mit den Einheimischen. Reisegefährten oder Katorga-Aufseher schildert er mit ein paar Strichen so plastisch, wie man es aus seinen Erzählungen gewohnt ist.

Worüber er sich hier, wie überhaupt in seinen Briefen, zumeist ausschweigt: über seine Stimmungen und Gefühle, also über seine eigene psychische Verfassung. Außenwelt will er in seinen Briefen zeigen, nicht aber Innenwelt. Das ist typisch für sein gesamtes epistoralisches Werk.

An Suvorin schreibt er insgesamt rückhaltloser; seine Aufzeichnungen, die er diesem zur Veröffentlichung überläßt, erscheinen im «Novoe vremja» unter dem Titel *Aus Sibirien.* In diesen Reisenotizen habe er sich – so Čechov – *nicht gescheut, subjektiv zu sein, habe auch nicht verhindert, daß darin mehr Čechovsche Gefühle und Gedanken vorkommen als Sibirien*[120].

Doch bleiben solche *Gefühle und Gedanken* immer bezogen auf die Außenwelt; private Konfessionen hält er auch hier zurück. Auf Sachalin kümmert sich Čechov um die medizinische Versorgung der Häftlinge, reist umher, macht Aufzeichnungen. Er ist überzeugt, daß die Zustände, die er schildert, für sich selber sprechen. Daß er sie keineswegs mit Gleichmut registriert, beweist das Zeugnis eines auf Sachalin ansässigen Arztes: «Einmal war Čechov bei der Auspeitschung eines Häftlings zuge-

gen. Der Eindruck, den diese Szene bei ihm hervorrief, war so stark, daß er sich lange Zeit nicht ohne Zittern in der Stimme daran zu erinnern vermochte. ‹Verstehen Sie, das ist doch schrecklich›, sagte er bedrückt und knackte nervös mit den Fingern. ‹Wenn die Rute mit Zischen auf den Körper des Häftlings niedersauste, zerriß irgend etwas in mir und stöhnte wie von tausend Stimmen.›» [121]

Auf Nordsachalin bleibt er insgesamt zwei Monate, dann reist er, am 11. September, nach Südsachalin und einen Monat später tritt er die Rückreise an, diesmal per Schiff. Die erste Station ist Hongkong, dann

Anschmieden der Fußeisen, von Čechov auf Sachalin fotografiert

Singapur. *Dann kam Ceylon – das Paradies. Hier im Paradies bin ich über 100 Verst mit der Eisenbahn gefahren und habe mich sattgesehen an Palmenwäldern und bronzefarbenen Frauen.*[122] Die Weiterreise durchs Rote Meer, über Odessa und schließlich mit der Bahn nach Moskau kommentiert Čechov nur spärlich. Wichtiger als diese Reisenotizen aber ist das Fazit, das er in einem Brief an Suvorin zieht: *Ich weiß nicht, was bei alledem herauskommen wird, aber getan habe ich nicht wenig. Es würde für drei Dissertationen reichen. Ich bin jeden Tag um 5 Uhr morgens aufgestanden, spät schlafengegangen und stand die ganzen Tage unter starker Anspannung, weil ich immer dachte, vieles noch nicht getan zu haben, und jetzt, nachdem ich die Katorga hinter mir habe, fühle ich mich, als hätte ich alles gesehen, den Elefanten aber nicht einmal bemerkt. Nebenbei bemerkt, hatte ich die Geduld, eine Zählung der gesamten Bevölkerung Sachalins durchzuführen. Ich bin in alle Siedlungen gefahren, in jede Hütte gegangen und habe mit jedem gesprochen ... Ich habe mit Sträflingen gesprochen, die an den Karren geschmiedet waren ... und im Endergebnis habe ich mir die Nerven ruiniert und mir geschworen, nicht wieder nach Sachalin zu fahren.*[123]

Immerhin hat er die Genugtuung, daß seine Berichte über Sachalin die Öffentlichkeit alarmieren. Es sollen sogar, so wird in vielen Biographien versichert, daraufhin einige Verbesserungen durchgeführt worden sein. Insgesamt jedoch zeugt der Strafvollzug, zeugt die Verbannung in die Katorga im Rußland des ausgehenden 19. Jahrhunderts von inhumanster Barbarei. Čechov kommentiert sie mit dem lapidaren Satz: Sachalin war *die wahre Hölle.*[124]

Einen Monat nach seiner Ankunft in Moskau (am 8. Dezember) reist er bereits nach Petersburg, um dort über seine Eindrücke von der Katorga zu berichten. Er organisiert eine Büchersammlung, die einer Schulbibliothek auf Sachalin zugute kommen soll, und setzt sich mit einflußreichen Politikern in Verbindung. So schreibt er an den Juristen Anatolij Koni, der Senatsmitglied ist: *Die Situation der Kinder und Heranwachsenden auf Sachalin will ich versuchen, ausführlich zu beschreiben. Sie ist ungewöhnlich. Ich habe hungernde Kinder gesehen, habe dreizehnjährige Dirnen gesehen, fünfzehnjährige Schwangere. Mit der Prostitution beginnen die Mädchen mit 12 Jahren, manchmal vor Eintritt der Menstruation. Kirche und Schule existieren für sie nur auf dem Papier, erzogen werden die Kinder von ihrer Umgebung und dem Milieu der Katorga ... Infektionskrankheiten bin ich auf Sachalin nicht begegnet; angeborener Syphilis sehr selten, aber ich habe blinde Kinder gesehen, schmutzige, Kinder mit Hautausschlägen bedeckt – all das sind Krankheiten, die von Verwahrlosung zeugen.*[125]

Mit diesem direkten Appell an einen einflußreichen Politiker versucht er, das öffentliche Gewissen aufzurütteln. Wurde – so könnte man fragen – auf Sachalin der Sozialkritiker Čechov geboren? Fest steht, daß er sich von jetzt ab zunehmend für soziale Probleme einsetzt, seinem Leben einen anderen Schwerpunkt gibt. Die Suche nach einer *allgemeinen Idee* ist auch ein persönliches Problem des Autors der *Langweiligen Geschichte*. Indes, die Sachalin-Reise ist nur eine temporäre, keine grundsätzliche Lösung der berühmten Frage «Što delatj?» (Was sollen wir tun?) – jener Frage, die die russische Intelligenz im 19. Jahrhundert bewegt und beunruhigt. Čechovs Antwort, viel später in seinem Notizbuch fixiert – scheint einfach: *Der Moslem gräbt zur Rettung seiner Seele einen Brunnen. Es wäre gut, wenn jeder von uns eine Schule, einen Brunnen oder etwas Ähnliches hinterließe, damit das Leben nicht spurlos vorübergeht und sich in der Ewigkeit verliert.*[126] Nach der Rückkehr aus Sachalin hat Čechov ganz offensichtlich Angst vor dem anstehenden Alltagstrott. Drei Wochen hält er sich in Petersburg auf und führt dort ein aufwendiges gesellschaftliches Leben: *Ich bin furchtbar erschöpft. Furchtbar! Den ganzen Tag, von 11 Uhr morgens bis 4 Uhr morgens bin ich auf den Beinen ... Meiner Reise nach Sachalin ist eine Bedeutung beigemessen worden, wie ich sie nicht erwarten konnte.*[127] *In Petersburg gehörte ich nicht mir, man hat mich in Stücke gerissen; war todmüde vom unaufhörlichen Besuchemachen, Besucher empfangen und ohne Unter(laß) Reden.*[128]

Um dem Alltag in Moskau zu entfliehen, und auch, weil sich sein Gesundheitszustand verschlechtert, nimmt er Suvorins Aufforderung, ihn nach Italien zu begleiten, erfreut an. Die Reise, seine erste nach Westeuropa, führt ihn über Wien. In seinen Briefen an die Familie schildert er sehr witzig seinen Eindruck vom Stephansdom und anderen Kirchen: *Das sind keine Bauwerke, sondern Teegebäck.* Dann aber fährt er in ernsterem Ton fort: *Alles ist großartig, und ich habe erst gestern ... begriffen, daß Architektur tatsächlich eine Kunst ist. Und dieser Kunst begegnet man hier nicht stückchenweise wie bei uns, sondern sie erstreckt sich über einige Verst.*[129]

Kurz nach dem Frühlingsbeginn ist er in Venedig, vollkommen entzückt: *... ich spüre die wunderbare Schönheit und genieße. Und der Abend! Herr du mein Gott! Am Abend könnte man sterben vor Staunen. Man fährt in der Gondel ... Es ist warm, still, Sterne am Himmel ... und bis Mitternacht ist die Luft erfüllt von einer Mischung aus Tenören, Geigen und allen möglichen ans Herz greifenden Klängen ... Ein Russe, arm und gedemütigt, hat es hier, in der Welt der Schönheit, des Reichtums und der Freiheit, nicht schwer, verrückt zu werden. Man möchte für immer hier bleiben.*[130]

So überschwenglich indes äußert sich Čechov nur über Venedig. Bereits in Florenz hat er seinen alten Ton wiedergefunden, diese unverwechselbare Mischung aus Sachlichkeit und graziösem Spott. Aus Florenz schreibt er an die Familie: *Habe die Venus von Medici gesehen und finde, wenn man sie in ein heutiges Kleid stecken würde, sähe sie häßlich aus, besonders in der Taille. Ich bin gesund. Der Himmel ist bedeckt, und Italien ohne Sonne ist dasselbe wie ein Gesicht mit Maske.*[131]

Über Rom reisen die Freunde nach Neapel; die Besteigung des Vesuv, zu der sich Čechov überreden läßt, entlockt ihm keine Begeisterung: *Bis zum Fuße des Vesuvs mußte man reiten. Aus diesem Grunde fühle ich mich an einigen Stellen meines vergänglichen Körpers heute so, als wäre ich ... verprügelt worden. Was für eine Qual, den Vesuv zu besteigen! Asche, Lavaberge, erstarrte Wellen geschmolzener Mineralien, Gesteinsbrocken und aller möglicher Dreck ...Aus dem Krater quillt weißer, stinkiger Rauch, fliegen Spritzer und glühende Steine, und unter dem Rauch liegt Satan und schnarcht ... Es ist furchterregend, und zugleich möchte man hinunterspringen, direkt in den Schlund. Ich glaube jetzt an die Hölle.*[132] Aus dieser Passage spricht wieder der Possenreißer, der Spötter, der sein Publikum mit Witzen unterhalten will, kaum eine Zeile seiner Reisebriefe gibt Auskunft über seine Stimmungen, seine Gefühle. In Monte Carlo verspielt er eine Menge Geld, vom Pariser Eiffelturm berichtet er, der sei *wirklich sehr hoch*, und hier, in dieser *unbeschreiblichen* Stadt, gesteht er endlich, daß er Heimweh hat und wieder arbeiten möchte.

Nach seiner Rückkehr mietet er sich mit seinen Eltern und Geschwistern in einem kleinen Ort an der Oka ein, wo er sich sogleich intensiv ans Schreiben setzt. Allerdings fühlt er sich nun nach langen Auslandsaufenthalten auf dem Lande *ein bißchen beengt*. Neben Erzählungen und der Arbeit am Roman widmet er sich den Vorbereitungen für sein Sachalin-Buch. Suvorin gegenüber bekennt er in einem Brief: *Ich werde vor allem Krieg führen gegen die lebenslange Strafe, in der ich die Ursache allen Übels sehe, und gegen die Gesetze über die Verbannten, die schrecklich veraltet und widersprüchlich sind.*[133]

Seit der Rückkehr aus den Sommerferien verstärkt sich bei Čechov der Wunsch nach einem eigenen Landgut, von dem er sich ein *freies ungebundenes Leben* verspricht: *Ach, Freiheit, Freiheit: Wenn ich im Jahr nicht mehr als zweitausend verbrauche, was nur auf einem Landgut möglich ist, werde ich frei sein von allem finanziellen Einkünfte-Ausgaben-Denken. Dann werde ich arbeiten und lesen, lesen ...*[134] Natürlich kann er den Kaufpreis für ein Gut nur durch Schulden aufbringen, immerhin aber hat sich seine finanzielle Situation unter anderem durch die Tantiemen für seine Einakter, die in ganz Rußland aufgeführt werden, erheblich verbessert, so daß er es riskieren kann, sich für die nächsten Jahre *in Schulden zu stürzen*. Die Mitarbeit bei verschiedenen Zeitschriften bleibt weiterhin gesichert, doch sind die Honorare – wenngleich weit besser als zur Zeit seiner literarischen Anfänge – nicht besonders hoch. Unermüdlich deckt er sich ein mit *Arbeit pour manger*, und Ende 1891 versichert er: *In diesem Jahr habe ich 100 Pud Papier vollgeschrieben.*[135]

Seine Gesundheit ist sehr angegriffen. Öfters klagt er über Fieber, Schweißausbrüche, Husten, Schwäche. Doch einer ärztlichen Untersuchung widersetzt er sich beharrlich: *Behandlung und Sorgen um mein physisches Dasein flößen mir etwas ein, das dem Ekel nahekommt. Behan-*

deln lassen werde ich mich nicht. Wasser und Chinin werde ich nehmen, aber mich abzuhorchen werde ich nicht gestatten.[136]

Trotz seiner geschwächten Konstitution nimmt er im Winter 1891/92 besonders schwere Strapazen auf sich: Infolge von Mißernten herrscht im Gebiet Nižnij Novgorod große Hungersnot. Čechov beteiligt sich – wie übrigens auch Tolstoj – an Hilfsaktionen. Im Januar 1892 fährt er in das von Hunger bedrohte Gebiet, um an Ort und Stelle zu erkunden, welche Rettungsmaßnahmen am sinnvollsten wären und wie man sie koordinieren kann. Seine Korrespondenz über diese aufwendigen Recherchen zeichnet sich, wie immer, durch Sachlichkeit aus: *... die private Wohltätigkeit ist beinahe gleich null. In meiner Gegenwart kamen aus Petersburg für 20 Tausend Menschen 54 Pud Zwieback. Die Wohltäter wollen mit fünf Broten Fünftausend sättigen, wie im Evangelium ... Wenn man in Petersburg und Moskau so viel reden und sich um den Hunger kümmern würde wie in Nižnij, dann gäbe es gar keinen Hunger.*[137]

Seine Briefe über die Hungerhilfe in den von ihm inspizierten Gebieten werden in einer vielgelesenen Zeitschrift veröffentlicht. Inwieweit seine Anwesenheit in den Notstandsgebieten konkrete Resultate zeitigte, läßt sich natürlich nicht abmessen. Aber die Tatsache, daß zwei so prominente Schriftsteller wie Tolstoj und Čechov an den Hilfsaktionen unmittelbar teilnahmen, rüttelte die Öffentlichkeit auf.

Er selber äußert sich mit keinem Wort darüber, daß er diese Aktion für seine «moralische Pflicht» oder dergleichen hält; wie immer in solchen Situationen bleibt er sachlich, klammert seine persönliche Empfindung ganz und gar aus und referiert nur Fakten. Allenfalls klagt er über die Unbequemlichkeit der Reise bei winterlichem Wetter und Schneestürmen, aber sonst macht er von seinem eigenen Engagement kein Aufheben. Solche Zurückhaltung wird von seinen Biographen als Bescheidenheit gedeutet. Mir scheint das nicht zutreffend. Čechov ist nicht bescheiden, sondern reserviert. Er hält es für überflüssig, seiner Mitwelt zu offenbaren, was e r angesichts von extremen Mißständen empfindet; es liegt ihm nicht, große Worte zu machen, schon gar nicht über seine eigene Person. Worauf es ihm allein ankommt, ist die direkte, spontane Hilfeleistung. Ähnlich reserviert verhält er sich auch späterhin, als er Hilfsaktionen gegen eine drohende Cholera-Epidemie organisiert, und zwar im Gebiet um Serpuchov, seiner neuen Heimat.

Rückzug aufs Land

In der Nähe von Serpuchov, südlich von Moskau, hat er Anfang 1892 endlich ein Gut gefunden, das seinen Vorstellungen entspricht. Hierhin übersiedelt er mit seinen Angehörigen im März 1892. Das Gut Melichovo ist nicht sehr groß, doch gehören ausgedehnte Wälder dazu, zwei Teiche, Ställe mit etwas Vieh, Gärten und auch ein, wie Čechov schreibt, *kümmerlicher Bach*. Beim Einzug stellt sich heraus, daß vieles in Haus und Garten verwahrlost ist; doch hilft die ganze Familie, auch der alte Vater, der inzwischen offenbar friedfertiger und konzilianter geworden ist, bei der Renovierung des Anwesens mit. *Das Gut*, so teilt Čechov einem Bekannten mit, *habe ich mit allem Schmutz übernommen, alles war verrottet und kaputt*...[138] Alles in allem scheint er zufrieden zu sein mit dem Wechsel seiner Existenzweise, mit einem Vorbehalt freilich: *Es ist schön, Lord zu sein. Man hat viel Platz, hat es warm, niemand rennt einem die Tür ein, aber leicht kann ein Lord auch zur Concierge oder zum Portier werden. Das Gut ... kostet 13 Tausend, und ich habe nur ein Drittel bezahlt. Der Rest bleibt eine Schuld, die mich noch lange, lange an die Kette legen wird.*[139]

Der Gedanke, daß er *schreiben, ewig schreiben* muß, um die neuen Belastungen zu finanzieren, *vergiftet* ihn. Andererseits darf man nicht übersehen, daß die Sorge für die Familie, durch die er zwar *an die Kette gelegt* wird, ihm, dem noch immer Unverheirateten, auch einen emotionalen Halt gibt. An dieser Stelle ist etwas einzuflechten, das in den bisherigen Ausführungen ausgespart blieb: Čechov hat bis zu seinem 40. Lebensjahr nie eine längerdauernde Partnerbeziehung gehabt. Die spärlichen Randbemerkungen über sein sogenanntes «Liebesleben» lassen nur so viel erkennen, daß er sich ein paarmal verliebt hat. Aber zu einer Ehe mochte er sich nicht entschließen, oder aber die jeweiligen Partnerinnen nicht. Einem Freund gegenüber bekennt er einmal: *Mich lieben die Frauen doch nicht ... sie halten mich alle für einen Spötter, einen Humoristen, und das wirkt nicht vertrauenerweckend.*[140] So bleibt er weiter mit seiner Familie «verheiratet». Seine Beziehung zu den Eltern, sogar zum Vater, ist ganz offenbar, seit e r das *Familienoberhaupt* wurde, sehr gut. An der Mutter hängt er mit großer Zärtlichkeit, spöttelt aber gelegentlich über ihre allzu große Fürsorglichkeit: *Wenn ich nicht essen kann oder nach-*

Das Gutshaus von Melichovo

Vater Pavel Egorovič Čechov bei der Gartenarbeit auf dem Gut Melichovo

Čechovs Arbeitszimmer in Melichovo

*denklich bin, kommt sie herbei, bemüht, ihre Unruhe zu verbergen: «Ist dir
auch wohl, Antoša?» Und wenn ich ausgehe, legt sie sich erst schlafen,
sobald ich zurück bin. Wahrscheinlich hat sie sich schon hinter der Tür
versteckt, um mir zu öffnen und sich zu überzeugen, daß ich lebe und un-
versehrt bin.*[141]

Der jüngere Bruder Michail, sein beflissener, freilich zu Schönfärberei
neigender Biograph, schildert das Leben in Melichovo als eine Idylle: die
Gartenarbeit, an der sich Čechov intensiv beteiligt, die gemeinsamen
Mahlzeiten, die Abende, die besonders «fröhlich» gewesen seien, unter-
malt vom «monotonen Singen» des Vaters, der im Alter seinem religiösen
Tick noch fanatischer frönte und vor dem Schlafengehen unermüdlich
Choräle sang. Da die Familie Čechov, einschließlich ihres *Ernährers*, sehr
gastfreundlich war, kamen viele Gäste nach Melichovo. Im Sommer 1893

herrschte regelrecht Andrang: «Das Haus war voll von Menschen. Sie schliefen auf Sofas, zu mehreren Personen in einem Zimmer. Sie übernachteten sogar auf der Diele ... Alle diese Menschen suchten, wie im Kaleidoskop, in bunter Reihenfolge Melichovo auf. Anton Pavlovič war dabei der Mittelpunkt, auf den sich rundum die Aufmerksamkeit richtet.»[142] Daß der Bruder das gemeinsame Landleben kräftig stilisiert, läßt sich aus Čechovs gleichzeitigem Bekenntnis gegenüber Suvorin ablesen: *Ich möchte schrecklich, schrecklich gern Dampfer fahren und überhaupt – Freiheit. Es ist mir zuwider, das gleichmäßige, wohlanständige Leben.*[143]

Der Überdruß, den er für eine Weile durch die Reisen nach Sachalin und durch den Umzug hatte kompensieren können, tritt nun wieder offen zutage: Immer wieder finden sich in seiner Korrespondenz aus den ersten Jahren in Melichovo Geständnisse wie dieses: *Ich bin irgendwie auf dumme Weise gleichgültig geworden gegenüber allem auf der Welt ... als sei mein Interesse am Leben versiegt.*[144] Auch seine schriftstellerische Arbeit läßt ihn unbefriedigt: *Mein Herz ist verkümmert in dem Bewußtsein, daß ich fürs Geld arbeite und daß im Zentrum meiner Tätigkeit das Geld steht ... ich habe keine Achtung vor dem, was ich schreibe, ich bin schlaff und finde mich selbst langweilig.*[145]

Die Familie Čechov auf Melichovo

Čechovs Schwester Maša, 1896

Er fügt hinzu, daß nur die Medizin ihn entschädige, die er schließlich *nicht des Geldes wegen* betreibe. Gleich nach der Ankunft in Melichovo hat es sich im Dorf herumgesprochen, daß der neue Gutsherr Arzt ist, und so kommen täglich Patienten zu ihm, oder er wird zu den Kranken gerufen. Seine Schwester assistiert ihm dabei. Im Juli 1892 droht eine Cholera-Epidemie, die ihn gänzlich beansprucht. Er wird zum Zemstvo-Arzt bestellt, kümmert sich um prophylaktische Maßnahmen: *Mein Revier umfaßt 25 Dörfer, 4 Fabriken und 1 Kloster! Ich organisiere, baue Baracken usw., und ich bin allein, denn alles, was mit Cholera zu tun hat, ist meinem Herzen fremd, und die Arbeit, die ständig Fahrten, Gespräche und kleinliche Scherereien mit sich bringt, ermüdet mich. Zum Schreiben habe ich keine Zeit ... ich bin bettelarm, da ich es um meiner Selbst und Selbständigkeit willen für richtig befunden habe, auf alle Entlohnungen zu verzichten.*[146]

Schließlich ist die Gefahr gebannt, ohne daß es in Čechovs Distrikt zum Ausbruch der Epidemie kommt. Am 15. Oktober ist seine Arbeit als Zemstvo-Arzt beendet. Sie hat ihn strapaziert, allerdings auch abgelenkt, aber keineswegs seinen Lebensüberdruß beschwichtigt, der sich in

Erzählungen niederschlägt, an denen er im Sommer 1892 arbeitet: *Krankensaal Nr. 6* und die *Erzählung eines Unbekannten*. *Krankensaal Nr. 6* ist eine düstere Geschichte, deren Schauplatz die Abteilung für Geisteskranke in einem Provinzkrankenhaus ist. Der leitende Arzt, ein typischer Repräsentant der allgemeinen *Richtungslosigkeit*, unfähig, die Mißstände in seiner Klinik zu beseitigen, gerät durch Gespräche mit einem unter Verfolgungswahn leidenden Patienten allmählich in den Sog von dessen aufrührerischen Reden. Zunächst versucht er noch, den Anklagen des Patienten gegen eine Gesellschaft, die solche desolaten medizinischen Zustände duldet, durch seinen philosophisch begründeten Fatalismus zu begegnen. Schließlich aber wird er, dessen häufige Unterhaltungen mit einem Geistesgestörten den Verdacht seiner Kollegen erwecken, selber in der Abteilung für Geisteskranke interniert. Gegen diese *Wirklichkeit* ist der Arzt nicht gewappnet; er gesteht sich ein: *Ich war gleichgültig, urteilte kühn und vernünftig, aber kaum hatte mich das Leben rauh angefaßt, da verlor ich schon den Mut ... Schwach sind wir, elend.*[147]

Die *Erzählung eines Unbekannten*, ebenfalls 1892 begonnen, doch erst 1893 erschienen, thematisiert eine ähnliche Problematik: die Unfähigkeit, gegen moralische Indifferenz und psychische Grausamkeit wirksam zu opponieren. Die Konstellation: zwei Männer lieben dieselbe Frau; der eine, Graf Orlov, ein *moralischer Bankrotteur*, verläßt die Frau nach einer kurzen Liebesaffäre, da sie seine Freiheit beeinträchtigt; der andere, der sich für die Frau aufopfert, ohne auf Gegenliebe zu stoßen, fühlt sich in der Position des moralisch Überlegenen, wirft seinem Rivalen vor, er habe sich *mit einer ironischen Einstellung zum Leben ausgerüstet* und entziehe sich aller Verantwortung. – Die Souveränität des Autors verbietet ihm eine Parteinahme für den einen oder den anderen Protagonisten. Beide desavouieren sich gegenseitig: Der moralisch Überlegene macht sich lächerlich als der Zukurzgekommene, dem nur der Neid solche horrenden Anwürfe diktiert. Sein Rivale läßt alle Beschuldigungen an sich abprallen: *... unsere Generation besteht ausschließlich aus Neurasthenikern und Greinern, wir wissen auch nur, daß wir über Müdigkeit und Erschöpfung reden, aber schuld daran sind nicht Sie und nicht ich – wir sind zu unbedeutend, als daß das Schicksal unserer ganzen Generation von unserem Willen abhinge. Hier gibt es, das muß man bedenken, wichtige Gründe, allgemeine, die vom biologischen Standpunkt aus ihre solide raison d'être haben. Wir sind Neurastheniker, Nörgler, Abtrünnige, aber vielleicht ist das notwendig und nützlich für die Generationen, die nach uns leben werden. Kein einziges Haar fällt vom Haupt ohne den Willen des himmlischen Vaters – mit anderen Worten, in der Natur und in der menschlichen Umwelt geschieht nichts von selbst. Alles ist begründet und notwendig. Und wenn es so ist, weshalb sollten wir uns da besonders aufregen ...*[148]

Dieser zynische Fatalismus, der jeden Veränderungswillen zukünftigen

Generationen aufbürdet, wirft ein Licht auf Čechovs Menschenbild. Die Protagonisten vieler Erzählungen seiner mittleren Phase, desillusionierter noch als die der frühen Humoresken, leben in stupidem Gleichmut vor sich hin und sind selbst da, wo sie *Ideen und Liebe* propagieren, wie der Moralist aus der *Erzählung eines Unbekannten*, unaufrichtig und mißgünstig. Dieses negative Menschenbild korrespondiert mit dem Lebensgefühl des Autors, dessen Grundmelodie Überdruß und Resignation sind: *Wir beschreiben das Leben so, wie es ist, und weiter weder piep noch pup ... Weiter prügeln Sie uns nicht mal mit der Peitsche. Wir haben weder Nah- noch Fernziele, unser Herz ist wie leergefegt. Wir haben keine Politik,*

an eine Revolution glauben wir nicht, wir haben keinen Gott, haben keine Angst vor Gespenstern, ich persönlich habe nicht einmal Angst vor dem Tod oder dem Erblinden ... Ob dies eine Krankheit ist oder nicht – es geht nicht um die Bezeichnung, sondern um das Eingeständnis unserer Lage, die schlimmer ist als die eines Gouverneurs ... Ich werde mich nicht ... in einen Treppenschacht stürzen, aber ich werde mir auch nicht schmeicheln mit Hoffnungen auf eine bessere Zukunft ... für unsereinen ... ist diese Zeit brüchig, sauer, langweilig ... die Gründe dafür liegen ... in einer Krankheit, die für einen Künstler schlimmer ist als Syphilis oder Impotenz. Uns fehlt das «Etwas», das ist wahr, und das bedeutet, daß, wenn Sie unserer Muse den Rocksaum hochheben, Sie dort eine flache Stelle sehen werden.[149]

Auch die Schriftsteller – so das Fazit aus seinem resignativen Resümee vom Herbst 1892 (seinem ersten in Melichovo) – können die Krankheit dieser Epoche nicht heilen.

Immerhin arbeitet Čechov in der Folgezeit kontinuierlich an seinem Sachalin-Buch, dessen erste Kapitel im Oktober 1893 in der Zeitschrift «Russkaja mysl» erscheinen. Überhaupt ist er, bei aller Verzagtheit, sehr produktiv; in den Jahren zwischen 1893 und 1896 publiziert er außer der *Erzählung eines Unbekannten* noch weitere umfangreiche Geschichten, so unter anderem die Kurzromane *Drei Jahre* und *Aus meinem Leben*. Von der oben beschriebenen Krankheit der Epoche sind alle ihre Figuren infiziert, und fast wie eine Stereotype repetieren sie die Klage: *Ich kann nicht mehr so weiterleben.*

Die Diktion der Erzählungen aus der mittleren Phase ist oft noch straffer als die der frühen. Jeder Satz enthält gleichsam das Substrat einer ganzen Assoziationskette, die der Leser zu imaginieren hat. Die Fabel wird noch einfacher, hat keine Kulminationen, ist dem Leben nachgeschrieben *so wie es ist*. Die Kunst, Figuren durch ihre Redeweise zu charakterisieren, wird immer mehr verfeinert. Wenn zum Beispiel ein Angehöriger der Aristokratie auf seine Gäste zutritt und sie mit *Bongschurchen* begrüßt, dann wird allein in diesem Diminutiv seine gespielte Leutseligkeit und Vornehmtuerei offenbar. Oder wenn in der *Erzählung eines Unbekannten* Orlov angekündigt wird, seine Geliebte habe ihm eine Tochter geboren und er darauf antwortet: *Das ist natürlich kein Mops, sondern ein Mensch ...* dann artikuliert er damit seine zynische Verlegenheit deutlicher als durch lange Tiraden. Aber Čechov zensiert seine Figuren nicht nach einem vorgegebenen moralischen Kanon. Sie erscheinen als authentische Abbilder der Wirklichkeit, einer Wirklichkeit, die a l l e S c h i c h t e n der russischen Gesellschaft im ausgehenden 19. Jahrhundert einschließt. Er zeichnet eine komplette Enzyklopädie des damaligen Rußland, dieses *asiatischen Landes, in dem es keine Pressefreiheit und keine Gewissensfreiheit gibt ... in dem das Leben so eingeengt und miserabel ist und so wenig Hoffnung auf bessere Zeiten besteht*[150].

Solche Hoffnungen in seinem Werk vorzutäuschen, maßt er sich nicht an. Weder will er eine «Lehre» verkünden wie Tolstoj, noch will er ethische Grundsätze vermitteln. *Ein Autor muß human sein bis in die Fingerspitzen* [151] – davon ist er allerdings überzeugt. Doch Surrogate irgendwelcher Wertvorstellungen anzubieten, widerstrebt seinem Verlangen nach Aufrichtigkeit: *Die Norm kenne ich nicht, niemand von uns kennt sie. Wir alle wissen, was eine ehrlose Handlung ist, aber wir wissen nicht, was Ehre ist.* [152]

Ebensowenig läßt Čechov sich für eine bestimmte politische Richtung reklamieren. Er hat sich nie für politische Programme engagiert, sondern unabhängig von ihnen jedwede Form von Ungerechtigkeit angeprangert. Er ist, wie er gesteht, *kein Volkstribun*; die direkte politische Agitation ist ihm wesensfremd. Wenn er sich zu politischen Ereignissen äußert, dann immer nur anläßlich konkreter Begebenheiten, so zum Beispiel während der heftigen Studentenunruhen in Petersburg und Moskau im Jahre 1899. Čechov erhält Briefe von Studenten, die ihn um Unterstützung bitten. Doch trotz aller Sympathie für ihren Protest bleibt er skeptisch, er glaubt nicht an Reformen in absehbarer Zeit: *Denn ... die gesamte Intelligenz ist schuld, die gesamte ... Solange es noch Studenten und Kursschülerinnen sind, ist es ein ehrliches, gutes Volk, ist es unsere Hoffnung, ist es die Zu-*

Volksschule im Dorf Melichovo, erbaut auf Anregung und auf Kosten Čechovs

1899

kunft Rußlands, aber es reicht, daß die Studenten und Kursschülerinnen
... erwachsen werden, und unsere Hoffnung und Rußlands Zukunft verwandelt sich in Rauch, und im Filter zurück bleiben Ärzte, Sommerhaus-
besitzer, hungernde Beamte, stehlende Ingenieure ... Ich glaube nicht an
unsere Intelligenz ... wenn sie leidet und sich beklagt, denn ihre Unterdrük-
ker kommen aus ihren eigenen Reihen. Ich glaube an den einzelnen Menschen, ich sehe die Rettung in Einzelpersönlichkeiten, die hier und da über
ganz Rußland verstreut sind – gleichgültig, ob es Intellektuelle sind oder
Bauern –, in ihnen liegt die Kraft, auch wenn ihrer nur wenige sind.[153]

Čechov bei Tolstoi auf der Krim, 1901

Daß Čechov gleichwohl vage Prognosen in bezug auf den Fortschritt der Menschheit macht – in seinen Briefen, aber auch in seinen Dramen –, wiegt nur so viel, als er damit an die Initiative von Einzelpersönlichkeiten appelliert. Auch das hat er vorgelebt (nicht aber vorgeschrieben): mit seiner Tätigkeit als Arzt, mit seiner Reise nach Sachalin, mit seinen Hilfsmaßnahmen gegen Hungersnot und Epidemien, mit dem Bau von Schulen, die er in und um Melichovo errichtete, nach seinen Plänen und auf seine Kosten.

Doch er wollte nicht, wie Tolstoj, das «Gewissen seiner Zeit» sein, aus Scheu vor öffentlicher Repräsentation, vor apodiktischen Programmen. Was er tat, tat er als Privatperson, nicht als geistige Autorität. Daher rührt auch seine Skepsis gegenüber Tolstoj, der mit der Proklamation seiner «Gebote» (Armut, Keuschheit, Gewaltlosigkeit usw.) und durch seine Imitation bäuerlichen Lebens in Rußland zu einer Idolfigur geworden war. Gegen solche mißverständliche Publizität verwahrt sich Čechov stets, unter anderem in einem Brief an Suvorin aus dem Jahre 1894, in dem er gesteht, daß *die Tolstojsche Moral aufgehört* hat *mich zu rühren, im tiefsten Innern meines Herzens bin ich ihr gegenüber feindselig einge-stellt, und das ist natürlich ungerecht. In meinen Adern fließt Bauernblut, mit Bauerntugenden setzt mich darum niemand in Erstaunen. Ich habe von klein auf an den Fortschritt geglaubt und gar nicht anders gekonnt, als an ihn zu glauben, denn der Unterschied zwischen der Zeit, als ich geschlagen wurde, und der Zeit, als man aufhörte mich zu schlagen, war schrecklich*

... die Tolstojsche Philosophie hat mich stark berührt, hat mich 6–7 Jahre lang beherrscht, und beeindruckt haben mich nicht die Grundthesen, die mir früher schon bekannt waren, sondern Tolstojs Art sich auszudrücken, seine Bedachtsamkeit und, wahrscheinlich, eine besondere Art von Hypnose. Jetzt dagegen protestiert etwas in mir; Überlegung und Gerechtigkeitssinn sagen mir, daß in Elektrizität und Dampfkraft mehr Menschenliebe liegt als in Keuschheit und Ablehnung des Fleischgenusses.[154]

Von Tolstojs antizivilisatorischem Protest unterscheidet sich Čechov nicht allein dadurch, daß er den Fortschritt der Technik bejaht, sondern auch durch seine größere Realitätsnähe: Nicht durch Programme lassen sich die Lebensbedingungen der Menschheit bessern, vielmehr dadurch, daß jeder, das Volk wie die Intelligenz, endlich begreift, daß nur unermüdliche Arbeit den materiellen und auch den geistigen Stillstand überwinden kann.

Daß Čechov – trotz der Ablehnung der Tolstojschen Moral – bis an sein Lebensende von Tolstoj beeindruckt blieb, bekundet er mehr als einmal in seinen Briefen. Er hat ihn gründlich, oft auch mit Begeisterung gelesen, so «Krieg und Frieden», «Anna Karenina» und den im Katorga-Milieu angesiedelten Roman «Auferstehung». Und umgekehrt ist überliefert, daß Tolstoj einige Erzählungen Čechovs bewunderte, *Krankenzimmer Nr. 6* zum Beispiel, *Die Steppe* oder auch die von anmutiger Ironie durchtränkte Erzählung *Seelchen*. Bei einem Besuch von Čechov und Gorkij (Tolstoj weilte zur Kur auf der Krim) überschüttet er den Autor des *Seelchen* mit Lob, worüber Gorkij in seinen «Erinnerungen an Čechov» berichtet: «Er sagte: ‹Das ist wie Spitze, die ein keusches Mädchen geklöppelt hat; in der alten Zeit gab es solche Mädchen, Spitzenklöpplerinnen ... sie haben ihr ganzes Leben, alle ihre Träume von Glück in das Muster hineingelegt.›... Tolstoj sprach sehr aufgeregt, mit Tränen in den Augen. Čechov aber hatte an diesem Tage erhöhte Temperatur, er saß mit roten Flecken auf den Wangen da und neigte den Kopf und wischte seinen Kneifer. Lange schwieg er, endlich sagte er aufseufzend leise und befangen: ‹Es sind – Druckfehler drin ...›»[155]

Nicht Tolstojs «Lehre», sondern die Ausstrahlung seiner Person fesselt Čechov: *Ich habe Angst vor Tolstojs Tod. Wenn er stürbe, würde in meinem Leben ein großer leerer Fleck bleiben. Erstens habe ich keinen Menschen so geliebt wie ihn; ich bin ein ungläubiger Mensch, aber von allen Arten des Glaubens halte ich gerade seinen Glauben für den, der mir selbst am nächsten ist und am ehesten liegt. Zweitens ist es, wenn und solange es in der Literatur einen Tolstoj gibt, leicht und angenehm, Literat zu sein ... Sein Tun ist die Rechtfertigung all der Hoffnungen und Erwartungen, die in die Literatur gesetzt werden.*[156]

Dieses umfassende Bekenntnis, das die literarische und moralische Autorität Tolstojs über alles stellt, stammt aus dem Jahre 1900. Es ist beinahe ein Resümee, keineswegs aber eine Auseinandersetzung. In

Mit Tolstoi, 1901

ihm bleiben alle Abgrenzungen, auf denen Čechov gleichwohl besteht, ausgespart. Man darf sie aber nicht ignorieren, will man sich von dieser Freundschaft ein genaues Bild machen. Aufschlußreich ist dafür nicht nur die Ablehnung seiner «Morallehre», sondern auch ihre gegensätzlichen Auffassungen von Religion und Unsterblichkeit (über die Čechov übrigens selten und sehr ambivalent spricht). Der Anlaß: Čechov mußte nach einem besonders heftigen Blutsturz in eine Moskauer Klinik eingewiesen werden, und dort besuchte ihn Tolstoj: *Alles Schlechte hat sein Gutes. In der Klinik hatte ich Besuch von Lev Nikolaevič, mit dem ich ein sehr interessantes Gespräch führte, sehr interessant für mich, weil ich mehr zugehört als gesprochen habe. Wir sprachen über die Unsterblichkeit. Er erkennt die Unsterblichkeit im Kantschen Sinne an; er ist der Meinung, daß wir alle (Menschen und Tiere) in einem Prinzip leben werden (Vernunft, Liebe), dessen Wesen und Ziel ein Geheimnis für uns darstellt. Mir dagegen erscheint dieses Prinzip der Kraft in Gestalt einer formlosen, gallertartigen Masse, mein Ich – meine Individualität, mein Bewußtsein werden mit dieser Masse verfließen – eine solche Unsterblichkeit brauche ich nicht, ich begreife sie nicht, und Lev Nikolaevič wundert sich, daß ich sie nicht begreife.*[157]

Aus diesen Sätzen spricht nicht allein der Mediziner, hier artikuliert sich auch ein Mann, der die Nüchternheit und Illusionslosigkeit liebt. Nicht einmal jetzt, obwohl durch den Blutsturz alarmiert, will er sich auf Spekulationen einlassen. Dabei ist seine Krankheit nun auch für die Umwelt unübersehbar. Seinem ältesten Bruder teilt er mit: ... *man billigte mir das Recht zu, mich, für den Fall, daß ich dies wünsche, einen Invaliden zu nennen ... die Zukunft ist äußerst ungewiß, und obwohl der Prozeß noch nicht besonders weit fortgeschritten ist, werde ich dennoch unbedingt, unverzüglich mein Testament machen müssen, damit Du Dir nicht mein Vermögen unter den Nagel reißt.*[158] Er klammert sich, auch in dieser extremen Situation, an seinen Komödien-Ton. Andern gegenüber ist er noch lakonischer. Doch bereits ab 1894 hatten sich in seinen Briefen kommentarlose Notate gehäuft wie: *Ich huste ununterbrochen* oder *Meine Brust ist ein einziges Röcheln*. Und dazu die stereotype Versicherung: *Dabei bin ich im allgemeinen völlig gesund, ich huste nur, weil ich es gewöhnt bin zu husten*. Im März 1897 muß er sich zum erstenmal in einer Klinik behandeln lassen (wo er den eben erwähnten Besuch Tolstojs empfängt). Diesmal war der Anfall so heftig, daß ihm *das Blut nur so aus dem Halse schoß*, und zwar während eines Essens mit Suvorin im Restaurant Eremitage. Am Tag darauf wird Čechov in eine Moskauer Klinik eingeliefert, wo er vierzehn Tage liegt. Für diesen *Skandal mit meinen Lungen* gibt es nur eine Diagnose: Schwindsucht. Das ist nicht mehr zu verheimlichen, auch die Kollegen bestätigen es: *Die Ärzte haben einen Prozeß in den Lungenspitzen festgestellt und mir eine Änderung meiner Lebensweise verordnet. Das erste kann ich begreifen, das zweite dagegen ist mir unbegreiflich, weil*

Nizza um die Jahrhundertwende

*es nahezu unmöglich ist ... sich auf dem Lande fernzuhalten von Schererei-
en und Sorgen, ist ebenso schwer wie in der Hölle von Brandwunden. Aber
dennoch werde ich mir Mühe geben, mein Leben nach Maßgabe des Möglichen zu ändern, und ich habe ... bereits erklären lassen, daß ich die Arztpraxis auf dem Lande aufgeben werde. Das wird für mich sowohl eine
Erleichterung als auch ein großer Verlust. Ich werde alle Ämter im Landkreis niederlegen, mir einen Schlafrock kaufen, in der Sonne spazierenge-
hen und viel essen.*[159]

Zum erstenmal taucht der Gedanke auf, den Wohnsitz auf die Krim zu
verlegen. Doch zunächst beläßt es Čechov dabei, den Winter in Südfrank-
reich, den Sommer weiter in Melichovo zu verbringen. 1897 schreibt er
aus Nizza: *Jetzt werde ich, glaube ich, nicht mehr in Moskau überwintern,
für keine Pfefferkuchen der Welt. Sowie es Oktober wird, fort aus Rußland.
Die hiesige Natur berührt mich nicht, sie ist mir fremd, aber ich liebe leiden-
schaftlich die Wärme, liebe die Kultur ... Und die Kultur schaut einem hier
aus jedem Ladenfenster entgegen, aus jedem Spankorb; jeder Hund riecht
hier nach Zivilisation.*[160] In Nizza liest Čechov regelmäßig französische
Zeitungen und informiert sich über die Aktivitäten, die Zola unternimmt,
um den 1894 unrechtmäßig verurteilten Offizier Dreyfus aus seiner Verbannung zu befreien. Čechov nimmt großen Anteil an dieser Aktion, wie
viele Briefe aus dem Winter 1897/98 zu erkennen geben: *Zola hat ein edles
Herz und ich ... bin begeistert von seinem Auftreten. Frankreich ist ein
wunderbares Land, und es hat wunderbare Schriftsteller.*[161]

In seiner Verehrung Zolas findet Čechov Worte, die er sonst selten benutzt, spricht von *Reinheit und sittlicher Größe*. Zwar ist er der Meinung, ein Schriftsteller soll sich mit Politik nur *insoweit befassen, als es nötig ist, sich ihrer zu erwehren* – doch muß er, wo er sich selber betroffen fühlt durch schrille Ungerechtigkeiten, Sprachrohr der Öffentlichkeit sein: *Als erste Alarm schlagen müssen die Besten, die der Nation voranschreiten – und das ist auch geschehen ... Sache der Schriftsteller ist es nicht, Schuldige anzuklagen und zu verfolgen, sondern für sie einzutreten, selbst dann, wenn sie bereits verurteilt sind und ihre Strafe verbüßen.*[162] Das sind keine politischen Überlegungen, die Čechov hier äußert, vielmehr sind es Gewissensfragen, die ihn, der in seinem eigenen Land kaum die Möglichkeit zu Protestaktionen hat, der sein latentes Aufbegehren gegen Unterdrückung und Ungerechtigkeit allzu oft zügeln muß, zutiefst beunruhigen. Seine Bewunderung für Zola fixiert er übrigens in einem Brief an Suvorin, an den er auch aus Frankreich die meisten Briefe richtet; in diesem Brief deutet sich bereits eine Kontroverse an, die dann zum Bruch ihrer Freundschaft führt. Der inzwischen sehr reaktionär urteilende Suvorin hatte gegen Zola, gegen Dreyfus Partei genommen, und dieser Dissenz markiert das Ende ihrer Beziehung. Čechov vergißt nicht, daß er seinem Verleger Dank schuldet für dessen jahrelanges Engagement, doch ein weiterer Kontakt scheint ihm nun unmöglich. Er weiß, daß man ihm unter den Linken seine Mitarbeit am «Novoe vremja» stets verübelt hat, doch konnte er sich lange darüber hinwegsetzen mit dem Hinweis, daß man ihm dort niemals politische Zugeständnisse abverlangt habe. Gleichwohl urteilt der linksliberale Schriftsteller Korolenko, dessen moralische Integrität Čechov ungemein schätzt: «Wir trafen uns selten, bewegten uns auch auf verschiedenen Bahnen. Vor allem im privaten Bereich waren unsere Beziehungen geradezu entgegengesetzt: er war persönlich befreundet mit Suvorin. Und bis zum Schluß sprach er sehr positiv über ihn, wenn auch ein wenig herablassend. Er ... litt oft unter dem, was im Novoe vremja geschrieben wurde ... Ich glaube, daß der Kontakt zu Suvorin und den Leuten des Novoe vremja Čechov geschadet hat.»[163]

Ob Čechovs 1898 getroffene Entscheidung, die Publikation einer künftigen Gesamtausgabe wie auch alle Rechte an seinen Werken nicht mehr Suvorin, sondern einem anderen Verleger zu übertragen, mit dem Bruch ihrer Freundschaft zusammenhängt, ist nicht zu ermitteln. Fest steht jedenfalls, daß er – nach langen Konsultationen – am 1. Februar 1899 sämtliche Rechte an seinem Werk dem aus Deutschland stammenden Verleger Marks, den er beiläufig als Kanaille bezeichnet und von dem er sich übervorteilt fühlt, für den Preis von 75 000 Rubeln überträgt. Marks erhält auch die Option für alle weiteren Werke. In einem Brief an seine Schwester zieht Čechov das Fazit aus dieser Transaktion: *Die Medaille hat zwei Seiten. Und der Verkauf, den ich getätigt habe, hat zweifelsohne auch seine schlechten Seiten. Aber zweifelsohne hat er auch seine guten. 1) werden meine Werke mustergültig ediert werden, 2) werde ich nichts mehr mit Druckerei und Buchhandlung zu tun haben, man wird mich nicht bestehlen und mir keine Gefälligkeiten erweisen, 3) werde ich in Ruhe arbeiten können, ohne Angst vor der Zukunft haben zu müssen, 4) sind meine Einkünfte nicht hoch, aber beständig.*[164] Diese Voraussagen haben sich, mit einigen Abstrichen, bewahrheitet. Marks legte, worauf schon Tolstoj Čechov aufmerksam gemacht hatte, großen Wert auf die Ausstattung seiner Bücher. Die erste zehnbändige Gesamtausgabe, die zwischen 1899 und 1902 erschien, war in ihrer Aufmachung vorbildlich. Čechov hatte, als er sie vorbereitete, noch einmal alte Zeitschriftenjahrgänge durchgemustert und eine strenge Auswahl getroffen, an der er dann noch monatelang feilte. Finanziell jedoch hatte Marks seinen Autor übervorteilt, der den etwas überstürzten Verkauf seiner Rechte (bei dem die Dramen ausgespart blieben) nicht genau genug kalkuliert hatte. Nachträglich rechtfertigt sich Čechov damit, daß er sich *aufs Sterben vorbereitet* habe und *seine Angelegenheiten wenigstens irgendwie in Ordnung hatte bringen wollen.* Einen freundschaftlichen Kontakt wie zu seinem Verleger Suvorin lehnte er bewußt ab; die Beziehungen zwischen dem Autor und seinem neuen Verlag blieben rein sachlicher Natur.

Der Star-Autor
des Moskauer Künstler-Theaters

Der Vorgriff auf Editionsfragen war notwendig, um die Ausführungen über Čechovs letzte Lebensjahre nicht zu zersplittern. Das knappe Jahrzehnt zwischen 1895 und 1904 (seinem Todesjahr) ist von seinem dramatischen Schaffen geprägt.

Nach seiner Enttäuschung über die total ablehnende Resonanz von Presse und Publikum bei der Premiere des *Waldschrat* hat Čechov öfters verlautbart, er wolle sich vom Theater ganz und gar abwenden. Doch bereits zwei Jahre danach äußert er in einem Brief vom April 1892, er *möchte eine Komödie schreiben*, unter anderem deshalb, weil er glaubt, sich dadurch seiner Verdrossenheit, Leere und Ziellosigkeit besser erwehren zu können. Diesen Wunsch kann er sich aber nicht erfüllen, das Sachalin-Buch muß fertiggestellt werden (in Buchform erscheint es 1895), und die übrige Zeit verbringt er mit *Arbeit pour manger*. Im Oktober 1895 indes kann er Suvorin mitteilen, er *schreibe an einem Stück, das ich, wahrscheinlich, nicht vor Ende November abschließen werde. Ich schreibe nicht ohne Vergnügen daran, obwohl ich mich schrecklich an den Bedingungen der Bühne vergehe. Eine Komödie, drei Frauenrollen, sechs Männerrollen, vier Akte, eine Landschaft (Blick auf einen See); viele Gespräche über die Literatur, wenig Handlung, ein Pud Liebe.*[165] Der Titel dieser Komödie heißt *Die Möwe*. Am 21. November schreibt er an Suvorin: *... ich habe mein Stück abgeschlossen. Ich habe es forte begonnen und pianissimo beendet – gegen alle Regeln der dramatischen Kunst. Es ist eine Novelle geworden. Ich bin eher unzufrieden als zufrieden, und wenn ich mein neugeborenes Stück lese, gelange ich einmal mehr zu der Überzeugung, daß ich absolut kein Dramatiker bin.*[166] – Die Aufführung ist für die kommende Saison in Petersburg geplant (am 17. Oktober). Čechov reist schon zu den Proben an. Die Uraufführung wird ein totaler Mißerfolg. Čechov an seinen Bruder: *Mein Stück ist mit Pauken und Trompeten durchgefallen. Im Theater lastete schwer die Spannung des Zweifels und des Skandals. Die Schauspieler haben widerwärtig, dumm gespielt. Daraus folgt die Moral: man soll keine Stücke schreiben. Nichtsdestotrotz bin ich gesund ...*[167] Čechov verläßt sogleich Petersburg und erklärt in einem Brief an seine Gastgeberin, Frau Suvorina: *... ich bin abgereist, ohne mich verabschiedet zu haben. Sind Sie mir böse? Die Sache*

1899

ist die, daß nach der Vorstellung meine Freunde sehr erregt waren; jemand hat nach ein Uhr nachts in der Wohnung von Potapenko nach mir gesucht; auf dem Moskauer Bahnhof hat man nach mir gesucht, am darauffolgenden Tag kamen sie ab neun Uhr vormittags, und ich wartete nur darauf, daß jeden Augenblick Davydov (der Darsteller des Sorin) käme mit Ratschlägen und Beileidsbekundungen. Das ist rührend, aber unerträglich. Außerdem hatte ich zuvor schon beschlossen, am darauffolgenden Tag abzureisen, unabhängig von Erfolg oder Mißerfolg ... Mit einem Wort, ich hatte ein unwiderstehliches Verlangen zu fliehen.[168]

Čechov gesteht, daß seine *Eitelkeit verletzt* worden sei, wie stark, erhellt vielleicht daraus, daß seine Schwester befürchtete, nach diesem Desaster würde er sich «aufhängen». Schuld daran waren mehrere Faktoren.

Zum einen die extreme Nachlässigkeit des Theaterleiters, der das Stück nach kaum drei Proben zur Aufführung freigab, zum andern das Unverständnis des Publikums, dem eine Komödie angekündigt und das darunter etwas Vierschrötiges zu verstehen gewöhnt war, weshalb es immer wieder in lautes Gelächter ausbrach. Überdies waren weder Publikum noch Presse imstande, das ganz und gar Neue des Čechovschen Dramas zu erfassen. Aber auch die Schauspieler hatten dieses Neuartige nicht begriffen. Und offenbar hat er sich bei den Proben, die er sah und lediglich *uninteressant* fand, nicht eingemischt. Später, als das Moskauer Künstler-Theater unter Stanislavskij seinen Dramen zu Weltruf verhalf, hat er durchaus genaue Anweisungen für die Schauspieler gegeben. Vieles davon kann man in seinen Briefen an seine spätere Frau, die Schauspielerin Olga Knipper, nachlesen. Da heißt es zum Beispiel: *Die überwiegende Mehrheit der Menschen ... leidet, die Minderheit verspürt den scharfen Schmerz, aber wo – wo auf den Straßen und in den Häusern – sehen Sie Menschen, die hin und her rennen, springen, sich an den Kopf fassen? Das Leiden muß man so darstellen, wie es sich im Leben äußert, d. h. nicht mit Händen und Füßen, sondern im Tonfall, im Blick; nicht mit wildem Gestikulieren, sondern mit Grazie.*[169]

Die Intensität der emotionalen Reaktionen muß also durch ein Minimum an Gestik vermittelt werden. Sie aufzunehmen ist indes nur ein sensibilisiertes Publikum in der Lage, nicht aber ein auf derbe Späße abonniertes, wie es das Petersburger Premierenpublikum offenbar war. Das Neue an Čechovs Dramen besteht aber nicht nur in der Aussparung von Exklamationen und großen Gebärden; auch der Aufbau des vieraktigen Dramas ohne Kulminationspunkt ist eine Novität. Es gibt keine Klimax, keinen dramatischen Knoten, der allmählich geschürzt und dann, auf dem Höhepunkt des Stückes, zertrennt wird, sondern die Handlung fließt in gleichmäßigem Andante dahin. Die Figurenzeichnung verzichtet auf grelle Kolorierung. So wenig wie in den Erzählungen die Protagonisten in gute und böse eingeteilt sind, so wenig läßt sich das vom Personal seiner Dramen sagen. Der Autor bleibt neutraler Beobachter, der agieren läßt, ohne moralische Wertungen.

Das schließt aber nicht aus, daß er in seine Stücke spezifische Details einfügt, die aus persönlichen Erfahrungen herrühren. Dafür gibt es genug Beispiele, vor allem in der Komödie *Die Möwe*, die zahlreiche autobiographische Erinnerungspartikel enthält. Bezeichnend ist zum Beispiel, daß hier das Thema Literatur eine zentrale Rolle spielt. Zwei der männlichen Figuren sind Schriftsteller; der jüngere, Sohn einer Schauspielerin, versucht sich zunächst als Dramenautor und erleidet damit Schiffbruch. Der ältere, Trigorin, ist ein bekannter Erzähler, ein Routinier, der in einem aufrichtigen Moment der ihn anbetenden jungen Schauspielerin Nina gesteht: *Ich schreibe ununterbrochen, am laufenden Band, ich kann nicht anders ... Oh, was für ein wüstes Leben! Sehen Sie, ich hier mit*

Das Gartenhäuschen auf Melichovo in dem Čechov arbeitete und unter anderem «Die Möwe» schrieb

Ihnen, ich errege mich, und dabei denke ich jeden Augenblick daran, daß eine unbeendete Novelle auf mich wartet. Ich sehe diese Wolke dort, die aussieht wie ein Flügel. Ich denke: ich muß irgendwo in einer Erzählung erwähnen, daß eine Wolke dahinschwamm, die aussah wie ein Flügel. Es riecht nach Heliotrop. Sofort schreibe ich mir hinter die Ohren: süßlicher Geruch, Witwenblume, bei Beschreibung eines Sommerabends erwähnen. Ich belauere mich selbst und Sie bei jedem Satz, bei jedem Wort und schließe all diese Sätze und Wörter schnellstens in meine literarische Vorratskammer ein: irgendwo paßt es vielleicht mal. [170]

Diese Anspielung auf seine eigene schriftstellerische Praxis (Čechov benutzte, wie eingangs erwähnt, immer Notizbücher in den späteren Jahren, in die er allerlei *Verwertbares* eintrug) dient nicht allein der Camouflage – die der Autor noch weiter treibt, indem er in einer späteren Szene diesen Trigorin wirklich sein Notizbuch zücken läßt –, sie dient vor allem dazu, den Nimbus dieser Figur zu zerstören. Trigorin erlaubt sich, seiner Gesprächspartnerin, die ihn liebt und bewundert, die schwärmerisch von *Inspiration* und *Schaffenskraft* spricht, in seinem Snobismus und seiner zynischen Aufrichtigkeit gleichsam die Kehrseite ihres idealisierten Kunstbegriffs zu präsentieren. Diese Szene, in der zwei Kunstauffassungen sich kontradiktorisch gegenüberstehen, enthüllt eindrucksvoll Čechovs Technik der Menschengestaltung. Keine der Figuren wird nur aus ihren eigenen Prämissen heraus entwickelt, sondern sie entfalten sich vor dem Zuschauer durch wechselseitige Spiegelung. Aus der Perspektive der einen hat die andere unrecht, und umgekehrt. Einen durch den Autor vor-eingenommenen Konsens gibt es nicht. Die authentische Wahrheit über eine Figur ist nicht unmittelbar zu haben, der Zuschauer muß sie sich aus den verschiedenen Facetten selber zusammensetzen. Die Figuren, nicht aber die (wie immer) schlichte Fabel, tragen das Stück: Ihre scheinbar simplen Dialoge, mit ihren Pausen, dem Aneinandervorbeireden; aber auch das, was ungesagt bleibt – die «Unterströmung», wie Stanislavskij das einmal formulierte. Wichtig ist auch das Ambiente des Schauplatzes (in der *Möwe*, in *Onkel Vanja* und im *Kirschgarten* ist es ein Gutshof in Mittelrußland), und immer ist die Landschaft in das Handlungsgefüge einbezogen.

Dem nachzugehen ist gewiß reizvoll, noch reizvoller, für den biographischen Zusammenhang, ist es, herauszufinden, wie Čechov seine Kunstauffassung in dieses Stück projiziert hat, mit Abstrichen natürlich. Um es deutlich zu betonen: Čechov ist nicht identisch mit der Figur des Trigorin, oder nur zum Teil. Mit diesem Teil aber spielt er auf raffinierte Weise: Nina, die Idealistin, ist verblüfft, daß der von ihr angebetete Trigorin sich sans façon wie ein normaler Mensch aufführt: ... *ein Liebling des Publikums, alle Zeitungen schreiben über ihn, sein Bild wird überall verkauft, er wird in fremde Sprachen übersetzt, und er angelt den ganzen Tag und freut sich, daß er zwei Weißfischchen gefangen hat. Ich dachte immer,*

berühmte Leute wären stolz, unnahbar, sie würden die breite Menge verachten ... Aber da weinen sie, angeln, spielen Karten, lachen und werden
böse wie alle anderen auch ...[171] Dies ist, cum grano salis, ein Selbstpor-
trät Čechovs, der auch gern angelt, dem sein Ruhm lästig ist, der weder
stolz ist noch unnahbar – so weit die Parallelen. Alles andere ist dann
wieder Camouflage, Fopperei und Spieltrieb des in Maskierungen verliebten Autors.

Die Divergenz der Kunstauffassungen, durch die beide, Nina wie Trigorin, sich ein bißchen lächerlich machen, weil jede Überzeugung sich
durch die gegenteilige relativiert, gibt auch Aufschluß darüber, warum
Čechov dieses Stück, in dem es auch um einen Freitod und *ein Pud* (un-
glückliche) *Liebe* geht, eine Komödie genannt hat. Nina glaubt, Trigorin
zu lieben, weil sie in ihn ihre schwärmerische Kunstbegeisterung projiziert, sie liebt also nicht die Person, sondern ihr Idealbild. Trigorin wiederum benutzt diese Projektion, um Nina, die ihn vorübergehend fesselt,
zu verführen. Beide machen sich ein Wunschbild zunutze, eine Entstel-
lung der Realität. Darum, um diese Verdrehung der Wirklichkeit, handelt es sich bei allen Komödien Čechovs. Um es noch pointierter zu sagen: Das, was seine Stücke zu Komödien stempelt, ist nicht etwa die ko-
mödiantische Übertreibung der Lustspiele Molières oder Shakespeares;
vielmehr definiert Čechov das Komische als das Unangemessene. Komisch sind seine Dramenfiguren, weil sie an der Realität vorbeileben, ein
gestörtes Verhältnis zur Realität haben. Eben dadurch wirken ihre Emotionen, Handlungen und vor allem ihre Unterlassungen komisch.

Seine Zeitgenossen haben das kaum begriffen, nicht einmal sein Inter-
pret, der Regisseur des Moskauer Künstler-Theaters Konstantin Stanislavskij. Aber auch Tolstoj mißverstand die Intention der Čechovschen
Dramen. Ihr Verfasser mokierte sich darüber mit nachsichtigem Spott in

Möwe-Signet, das Wahrzeichen des Moskauer Künstler-Theaters

Čechov liest dem Ensemble des Moskauer Künstler-Theaters «Die Möwe» vor

einem Brief an Gorkij: *Wissen Sie, ich war kürzlich bei Tolstoj in Gaspra. Er lag noch im Bett, sprach aber viel, über alles, und u. a. auch über mich. Schließlich stehe ich auf und verabschiede mich. Er hält lange meine Hand und sagt: «Küssen Sie mich», und während ich ihn küsse, drängt er sich rasch an mein Ohr und sagt, in seinem energisch-greisenhaften Tonfall: «Aber Ihre Stücke sind mir unerträglich. Shakespeare hat schon abscheulich geschrieben, und Sie noch viel schlimmer.»*[172]

Was Tolstoj ebensowenig begriff (oder begreifen wollte) wie viele Zeitgenossen Čechovs ist dessen Absicht, das Mißverhältnis zwischen Realität und den Reaktionen der diese Realität verkennenden Figuren aufzudecken. Die Melancholie, die Tränenseligkeit und das Selbstmitleid seiner Dramenfiguren sollen jedoch im Zuschauer nicht ebensolche Emotionen hervorrufen: er soll die Komik dieser Inkongruenz durchschauen und sich dadurch von den Figuren distanzieren. Nicht Identifikation mit, sondern Distanz zu den Figuren will Čechov evozieren; das vor allem begriff man damals nicht.

Übrigens: einen Eklat gab es bei der zweiten Aufführung der *Möwe* nicht mehr, man kann, im Gegenteil, glaubt man dem Telegramm eines Freundes an Čechov, von einem Erfolg reden: «Vorhänge nach jedem Akt, nach dem vierten viele und Tumult ... Rufe nach dem Autor ... Wunderbare Stimmung. Schauspieler bitten, Dir ihre Freude mitzuteilen.»[173] Aber da ist Čechov längst wieder in Melichovo und mokiert sich, daß man ihm mitfühlende Briefe schreibt. Lakonisch teilt er Suvorin mit: *Zu Hause habe ich Rizinusöl genommen, mich mit kaltem Wasser gewaschen – und jetzt könnte ich sogar ein neues Stück schreiben.*[174] Das neue Stück scheint er bereits begonnen zu haben, denn gut einen Monat später schreibt er – er bereitet gerade einen Sammelband seiner Dramen für Suvorin vor –: *Bis jetzt habe ich nur den «Ivanov» durchkorrigiert und die Vaudevilles. Es fehlen noch zwei große Stücke: die Ihnen bereits bekannte «Möwe» und der noch niemandem auf der Welt bekannte «Onkel Vanja».*[175] Wann er an diesem Drama, das er nicht «Komödie», sondern einfach «Szenen aus dem Landleben» nennt, gearbeitet hat, ist nicht feststellbar. Es ist eine stark revidierte Umarbeitung des *Waldschrat*, der – wie erwähnt – vom Premierenpublikum ausgelacht worden war und von dem er auch später noch sagt, daß er ihn *hasse* und *zu vergessen* suche. Die einschneidendste Änderung: die Hauptfigur, der Waldschrat, wird gänzlich eliminiert. Er ist die für Čechovs Dramenpersonal untypischste Figur. Ein Gegner der Zivilisation, gleichsam Repräsentant der Tolstojschen Lehre der Bedürfnislosigkeit, der sich gegen den *Geist der Zerstörung* auflehnt, tritt er als Verkünder eines Programms auf. Er protestiert gegen die Vernichtung der Umwelt, gegen die Abholzung der russischen Wälder: *Alle russischen Wälder erzittern unter der Axt, Milliarden von Bäumen sterben, die Behausungen von Tieren und Vögeln werden verwüstet, die Flüsse versanden und trocknen aus ... wenn ich an den Wäldern der Bauern vorbeifahre, die ich vor dem Abholzen gerettet habe, oder wenn ich höre, wie mein junger Wald rauscht, den ich mit eigenen Händen gepflanzt habe, dann erkenne ich, daß das Klima auch ein wenig in meiner Macht liegt und, wenn der Mensch in tausend Jahren einmal glücklich sein wird, daß daran auch ich ein wenig schuld bin.*[176]

Daß Čechov gerade diese Figur bei der Umarbeitung streicht, hängt auch damit zusammen, daß er sich inzwischen von Tolstojs Lehre distanziert hat, obschon er ihm weiterhin die allergrößte Bewunderung zollt.

Psychologisch jedoch ist es ungemein aufschlußreich, daß Čechov das von Tolstojs Lehre beeinflußte Stück wieder hervorholt, es nicht – wie den *Platonov* – vernichtet, sondern umarbeitet (was er freilich allen, auch den ihm Nahestehenden, verschwieg). Es ist, genau besehen, ein Akt der Befreiung, der Befreiung von einem Leitbild. Die Überwindung aller ihn bevormundenden Einflüsse hat Čechov schon von Jugend an geradezu

Konstantin Sergevič Stanislavskij und die Roxanova in der «Möwe»

Olga Knipper als Elena Andreevna in «Onkel Vanja»

erzwungen, sie ist eine Determinante seiner psychischen Konstitution. Insofern war *Der Waldschrat* mit seiner nur linearen Gesellschaftskritik eine Abweichung von seiner selbstgesetzten Maxime. Fortan gibt es in seinen Dramen keine einzige Figur mehr, die unbeirrbar eine Botschaft verkünden darf, ohne daß diese nicht durch Gegenstimmen relativiert wird, ja ohne daß der Exponent einer Lehre (oder einer Utopie) sich nicht zugleich als komische Figur entlarvt, weil er selber nicht die Kraft aufbringt, die Gegenwart zu verändern.

Der Schwerpunkt der Neufassung liegt nun nicht mehr auf der Konfrontation zwischen antizivilisatorischem Engagement und der passiven Resistenz aller Nebenfiguren (die den Waldschrat mit heimlichem Neid belächeln), vielmehr agieren in *Onkel Vanja* nur noch Figuren, die allesamt Scheinidealen nachjagen. Es gibt in diesem Stück keine absolut positive Figur. Sie alle – ob sie arbeiten oder ihrer Trägheit frönen – scheitern, haben das Gefühl, ihr Leben sei vertan. ... *das Leben an sich ist langweilig, dumm, dreckig* – heißt es gleich zu Beginn des Dramas. Čechovs Lebensprogramm, daß nur Arbeit, rastlose Tätigkeit die russische Gesellschaft aus ihrer Apathie befreien kann, wird von seinen Figuren desavouiert. Die Titelfigur, der Gutsverwalter Ivan Petrovič, der sich für seine Familie aufgeopfert hat, wie auch der Landarzt, der Tag für Tag bei jedem Wetter zu seinen Patienten gerufen wird, müssen am Ende erkennen, daß ihr *Leben verpfuscht, ruiniert* ist.

Der Arzt Astrov, dem während einer Flecktyphusepidemie ein Patient unter den Händen stirbt (ein bezeichnendes autobiographisches Detail!) räsoniert über die Vergeblichkeit allen menschlichen Tuns: *Und da ... erwachten auf einmal die Sinne in mir, und das Gewissen fing an mich zu quälen, als hätte ich ihn vorsätzlich getötet ... Da habe ich mich hingesetzt – so wie jetzt, und ich denke: die, die in hundert, zweihundert Jahren nach uns leben werden und für die wir heute den Weg bahnen, werden die mit einem guten Wort an uns denken? ...* Sie werden *uns dafür verachten, daß wir unser Leben so dumm und so geschmacklos zugebracht haben – sie werden vielleicht das Mittel finden, wie man glücklich wird, aber wir ... noch nicht einmal zehn Jahre, und das spießige Leben, das verächtliche Leben hat uns verschlungen; es hat uns mit seinen fauligen Ausdünstungen das Blut vergiftet, und wir sind so banal geworden wie alle.*[177]

Diese Worte können als paradigmatisch für fast alle Dramenfiguren gelten: Was immer sie tun, es mißlingt, geht unter in einem Wust von Banalität. Auch Onkel Vanjas Schwager, der berühmte Wissenschaftler, der lauthals verkündet: *Man muß ein Werk schaffen*, macht sich nur lächerlich, denn seine Werke sind *keinen Kupfergroschen wert*, dienen nur seiner Selbstbestätigung. Allen Figuren in diesem Drama fehlt, was Ivanov als die *allgemeine Idee* bezeichnet hat. Ihnen bleibt am Ende nichts als der Wunsch, endlich auszuruhen von allen Leiden und Anfechtungen: *... und wenn unsere Stunde gekommen ist, werden wir ergeben sterben und dort jenseits des Grabes sagen, daß wir gelitten haben ... daß es uns bitter schwer war ...*[178] Diese letzten Sätze des Dramas kehren leitmotivisch in allen Stücken der Folgezeit wieder. Sie deuten wiederum auf die Inkongruenz zwischen Wollen und Tun, zwischen jugendlichen Wunschträumen und der Kraftlosigkeit der Alternden. Sie müssen als idée fixe der Čechovschen Weltsicht genommen werden, freilich nicht im Sinne eines Selbstbekenntnisses. Das Entscheidende ist ja gerade, daß Čechov sich selber verwehrt, was er seinen Figuren nachsagt: Larmoyanz, Trägheit,

Selbstmitleid, Selbstaufgabe. So wenig er sich selber mit seinen Figuren identifiziert, so wenig soll auch der Zuschauer – das kann gar nicht oft genug betont werden – dieser Versuchung erliegen. In einem Gespräch mit dem befreundeten Schriftsteller Serebrov erklärt Čechov: *Sie sagen, man hätte in meinen Stücken geweint ... Und nicht nur Sie ... Aber ich habe sie doch nicht darum geschrieben, damit ... so etwas Weinerliches daraus wird. Ich habe etwas anderes gewollt ... Ich wollte den Menschen nur ehrlich sagen: «Schaut euch an, schaut, wie schlecht und langweilig ihr lebt ...!» Die Hauptsache ist, daß die Menschen das begreifen, und wenn sie das begriffen haben, werden sie sich unbedingt ein anderes, besseres Leben einrichten ... Ich sehe es nicht, aber ich weiß, es wird anders sein ... Und solange es das nicht gibt, werde ich den Menschen wieder und wieder sagen: «Begreift doch, wie schlecht und langweilig ihr lebt!» Was gibt es da zu weinen?* [179]

Deutlicher als mit diesem Dementi muß es Čechov nicht sagen, wie er sich eine Rezeption seiner Werke denkt. Und deutlicher, konturierter will er auch seine Zukunftsprognosen nicht artikulieren. Zwar, die Formel *in hundert, zweihundert Jahren ...* ist fast eine Stereotype in seinem dramatischen wie in seinem epischen Werk, doch wie die Zukunft der Menschheit aussehen würde, daran hat er keine präzisen Ideen verschwendet. Und doch wird die Forschung nicht müde, darüber zu spekulieren – überflüssigerweise: Es genügt, scheint mir, seinen Fortschrittsglauben quasi als Axiom zu nehmen, alles andere bleibt hypothetisch.

Der *Onkel Vanja* wird übrigens – wie auch *Die Möwe* – später mit riesigem Erfolg vom Moskauer Künstler-Theater inszeniert. Doch ehe es zu dieser Wende in Čechovs Dramatiker-Laufbahn kommt, gibt es eine einschneidende Veränderung in seinem äußeren Leben. – Seine Krankheit verschlechtert sich immer mehr; bereits um die Jahreswende 1897/98 gibt er zu, daß sein Leiden c r e s c e n d o verläuft, bereits *unheilbar* ist, woran er sogleich die notorische Versicherung anschließt, er sei *sonst gesund* und *an den Bluthusten* habe er sich *gewöhnt*. Im Spätsommer 1898 entschließt er sich auf ärztlichen Rat, die Wintermonate wieder im Süden zu verbringen: *Man sagt, ich hätte mich sehr gut erholt, und gleichzeitig verjagt man mich wieder von zu Hause. Ich werde wieder in den Süden fahren müssen ... Meine Reiseroute: zuerst die Krim und Soči, dann, wenn es in Rußland kalt wird, fahre ich ins Ausland ... Vor dieser Reise habe ich Angst wie vor der Verbannung.* [180]

Tatsächlich aber fährt er nicht ins Ausland, sondern bleibt den Winter über auf der Krim, in Jalta. Im Oktober stirbt sein Vater; in Melichovo leben nun nur noch die Mutter und die Schwester, und so entsteht der Plan, das Gut zu veräußern (was aber erst viel später realisiert wird) und sich auf der Krim anzukaufen. Čechov besichtigt mehrere Grundstücke und erwirbt dann ein nicht allzu großes Anwesen in Autka, südlich von Jalta: *... 20 Minuten zu Fuß bis zum Meer; ein herrlicher Blick in alle*

Jalta, 1901

Blick auf Jalta

Richtungen, aufs Meer, auf die Berge; Garten, Weinberg, Brunnen, Wasserleitung, Kanalisation und genügend Platz, um sich sogar einen Gemüsegarten zu halten.[181]

Zunächst ist Čechov entzückt von seinem neuen Wohnsitz, dem südlichen Klima, der Nähe des Meeres. Aber zunehmend empfindet er diese Gegend als Verbannungsort und nennt sie später sogar sein *südliches Sibirien*. Er langweilt sich hier, fühlt sich vom Leben abgeschnitten, obwohl er ständig von Besuchern belästigt wird, die ihn um Rat fragen, ihm aber nur, wie er klagt, *die Zeit stehlen*. Einer der wenigen gern gesehenen Gäste ist der Dichter Ivan Bunin, der die folgende bezeichnende Anekdote überliefert: «Einmal ging er mit einer kleinen Gesellschaft von guten Bekannten nach Alupka, um dort in einem Restaurant zu frühstücken, er war fröhlich und scherzte viel. Plötzlich erhob sich einer von den am Nachbartisch sitzenden Herren mit seinem Glas in der Hand: ‹Meine Herren, ich schlage vor, daß wir auf den unter uns weilenden Anton Pavlovič trinken, den Stolz unserer Literatur, den Sänger düsterer Stimmungen ...› Er wurde ganz blaß, stand auf und ging hinaus.»[182] Ein anderer Schriftsteller, dem er sich bald freundschaftlich verbindet, ist der sehr viel jüngere Maksim Gorkij, den er häufig trifft und dem er viele – auch briefliche – Ratschläge erteilt. Gorkij ist ein unbeirrbarer Bewunderer Čechovs und nimmt jeden Rat dankbar auf. Außerdem kümmert sich Čechov, trotz zunehmender Kraftlosigkeit, um kranke Schriftsteller, die wie er nach Jalta *verbannt* sind, aber auch um Schulen und Bibliotheken.

Seine Isolation nutzt er, um einer schon in Melichovo geübten Liebhaberei nachzugehen: Čechov ist ein passionierter Gärtner, worüber der Schriftsteller Kuprin berichtet: «In den letzten Lebensjahren begann der Garten irgendwie Früchte zu tragen, er verursachte Anton Pavlovič viel Mühe und Arbeit, versetzte ihn aber auch in ein rührendes kindliches Staunen ... Wie oft sprach er, auf seinen Garten mit zugekniffenen Augen blickend: ‹Sehen Sie, jeder Baum hier ist gepflanzt worden, seit ich hier bin, darum ist er mir teuer. Aber das ist unwichtig. Bis ich kam, war dies ein unbebauter Platz und eine unnütze Schlucht, alles war voll von Steinen und Disteln. Aber ich kam her und machte aus dieser Wildnis einen kultivierten schönen Ort. Wissen Sie›, setzte er plötzlich mit ernstem Gesicht im Ton tiefster Überzeugung hinzu, ‹wissen Sie, in 300, 400 Jahren hat sich die ganze Erde in einen blühenden Garten verwandelt, und das Leben wird dann ungewöhnlich leicht und herrlich sein.›»[183]

Der Grundton der letzten Lebensjahre aber ist Resignation, die er vor Außenstehenden immer noch verhehlt oder durch Scherze überdeckt. Freunden indes bleibt sie nicht verborgen. Ivan Bunin erinnert sich an eine nächtliche Spazierfahrt, zu der ihn Čechov unvermittelt aufgefordert hatte: «Die Nacht war warm und still mit klarem Mond und leichten weißen Wolken. Die Kutsche fuhr die helle Chaussee entlang, wir schwiegen und blickten auf die schimmernde Fläche des Meeres. Dann tauchte der

Čechovs Villa bei Jalta

Wald auf mit zarten Schattenmustern, hinter denen sich Gruppen von Zypressen abzeichneten ... Als wir die Kutsche verlassen hatten ... sagte er, unvermittelt stehenbleibend: ‹Wissen Sie, wie viele Jahre man mich noch lesen wird? Sieben!› – ‹Wieso sieben?› fragte ich. – ‹Nun, dann eben siebeneinhalb.› – ‹Sie sind heute trübsinnig, Anton Pavlovič›, sagte ich, ihm ins Gesicht blickend, das blaß war vom Mondlicht. Er senkte die Augen; nachdenklich scharrte er mit der Stockspitze zwischen Kieseln herum; aber als ich sagte, er sei trübsinnig, blickte er mich belustigt von der Seite an. ‹Sie sind trübsinnig›, entgegnete er ... ‹Man wird mich trotzdem nur noch sieben Jahre lesen, und zu leben bleibt mir noch weniger Zeit, sechs Jahre! Aber sprechen Sie darüber nicht mit den Reportern aus Odessa!›»[184]

Zu leben hatte er nicht mehr so lange, aber gelesen wird er noch immer – mit mehr Sensibilität als zu seinen Lebzeiten. Sein Weltruhm als Dramatiker bleibt unbestritten, und seine Erzählungen aus der mittleren Periode und aus der Spätzeit werden nie veralten. Die in den frühen Erzählungen entwickelte Technik, durch Ironie und reziproke Figuren-Spiegelung Komik zu erzeugen, wird nun beinah ganz aufgegeben bzw. so verfeinert, daß die Inkongruenz zwischen Wirklichkeit und Wunschwelt nicht mehr eine komische, sondern eine melancholische Note bekommt. Die Protagonisten aus den Erzählungen *Die Dame mit dem Hündchen*, einer subtilen und mit psychologischer Feinfühligkeit geschilderten Liebesgeschichte, oder aus *Die Schlucht, Die Braut* und *Der Bischof* werden nicht bloßgestellt durch die Konfrontation mit Gegenfiguren. Die Naivität und Leidensfähigkeit der Hauptfigur Lipa aus *Die Schlucht* zum Beispiel wirkt gar nicht komisch; diese von ihrem Hof verstoßene junge Bäuerin, deren Kind von ihrer Rivalin ermordet wurde, ist in sich authentisch und ungebrochen. Und auch das von Lebensdurst und geistiger Unruhe umgetriebene junge Mädchen aus der Erzählung *Die Braut*, das aus der spießigen Enge seiner Heimatstadt und vor der banalen Zudringlichkeit seines Bräutigams flieht, wird nicht durch ironische Kontrastbilder relativiert. Noch offenkundiger zeigt sich der neue Erzählton in der Geschichte *Der Bischof*, die vom Sterben eines prominenten Kirchenbeamten handelt. Mit einfachsten Mitteln, mit einer zur größtmöglichen Steigerung getriebenen Kunst der Aussparung werden hier öffentliches Renommée und die Hinfälligkeit jeder Kreatur gegeneinander gehalten. Diese Antinomie verdichtet sich aus der Perspektive der Mutter des Bischofs zu widerstreitenden Empfindungen. Während eines Besuchs bei ihrem Sohn wagt sie zunächst vor lauter Ehrfurcht nicht, ihn zu duzen, hält sich schüchtern im Hintergrund. Doch als er im Sterben liegt, verflüchtigt sich ihr Kleinmut, und sie tritt an sein Bett: *Als sie sein zusammengeschrumpftes Gesicht und die großen Augen sah, erschrak sie, fiel vor dem Bett auf die Knie und begann ihm Gesicht, Schultern und Hände zu küssen ... ihr schien es, er sei magerer, schwächer und unbedeutender als alle anderen, und sie dachte nicht mehr daran, daß er Bischof war, sie küßte ihn wie ein Kind, das ihr besonders lieb und nahe war. «Pavluša, mein Lieber», sagte sie, «mein Teurer! Mein Söhnchen! Warum siehst du so aus? Pavluša, antworte mir doch!»*[185]

Der Antagonismus zwischen Schein und Sein – Thema vieler Erzählungen Čechovs – ist auch das Kardinalthema seines eigenen Lebens. Er hat sich hinter einer Mimikry verborgen, um diesen Antagonismus nicht offenbar werden zu lassen, doch kostet ihn das, je hinfälliger er wird, desto mehr Anstrengungen. Sein Arzt Altšuller, der ihn in den letzten Lebensjahren betreute, merkte ihm diese Anstrengung vielleicht am ehesten an: «In Zeiten, in denen seine körperliche Verfassung sich besserte, taute er etwas auf und führte lange und lebhafte Gespräche über die verschiedensten Themen, scherzte und lachte sein besonderes, Čechovsches, anstekkendes Lachen. Aber auch dann spürte man, daß er sogar seine nächsten Freunde in gewissem Abstand zu sich hielt, sich hinter Barrieren verschanzte, hinter die niemand gelangte.»[186]

In seinem Notizbuch aus dem Jahre 1893 findet sich der Satz: *So einsam wie ich in meinem Grabe liegen werde, so einsam bin ich in Wahrheit auch im Leben.*[187] Er war nicht nur einsam, besonders in den letzten Lebensjahren, er fühlte sich auch unverstanden, zumal in seinen künstlerischen Absichten. Das zeigt sich überdeutlich bei der sich im Jahre 1898 anbahnenden Zusammenarbeit mit Stanislavskij und dessen Moskauer Künstler-Theater, das die Dramen Čechovs weltberühmt gemacht hat. Doch der Beginn ihres Kontakts ist keineswegs glücklich. Im August 1898 bekundet Stanislavskij großes Interesse an der *Möwe*, die er mit triumphalem Erfolg aufführt. Der Autor nimmt an der Premiere nicht teil. Doch etwas später wird eigens für ihn eine Aufführung – ohne Kulissen – inszeniert. Darüber berichtet er Gorkij: *... ich kann über das Stück nicht in ruhigem Ton sprechen, denn die Möwe selbst hat abscheulich gespielt, sie hat die ganze Zeit geheult und geschluchzt, und Trigorin (der Belletrist) ging auf der Bühne auf und ab und sprach wie ein Paralytiker; er hat «keinen eigenen Willen», und der Darsteller hat das so aufgefaßt, daß mir beim Zuschauen übel wurde. Aber im ganzen recht gut, es hat mich gefesselt. Stellenweise habe ich gar nicht glauben können, daß ich das geschrieben haben soll.*[188]

Aus der Sicht Stanislavskijs stellt sich Čechovs Reaktion noch zwiespältiger dar. Sehr unwirsch habe er besonders die Darstellerin der Möwe getadelt und ihre Absetzung verlangt. Stanislavskij weigerte sich, worauf ein heftiger Disput entstand: «Hören Sie, ich werde das Stück zurückziehen», beendete Čechov fast heftig das Gespräch, uns durch sein resolutes Auftreten und seine Unbeirrbarkeit in Erstaunen setzend. Ungeachtet der ungewöhnlichen Liebenswürdigkeit, des Zartgefühls und der Güte, die Anton Pavlovič besaß, war er in Fragen der Kunst unerbittlich streng und ließ sich niemals auf Kompromisse ein.»[189]

Wogegen der Autor sich verwahrt: gegen die exaltierte Zurschaustellung von Gefühlen, gegen die Rührseligkeit der Darsteller, die außer acht ließen, daß er das Stück als Komödie aufgefaßt wissen wollte. Warum er gerade in diesem Betracht so unnachgiebig bleibt – seiner psychischen Konstitution nach sein muß, ist schon erörtert worden. Begriffen hat Stanislavskij es erst viel später.

Auch im weiteren Verlauf ihrer Zusammenarbeit stößt sich Čechov immer wieder am Inszenierungsstil des Künstler-Theaters, das im Herbst 1899 – ein Jahr nach dem Erfolg der *Möwe* – ein neues Stück von ihm auf die Bühne bringt: *Onkel Vanja*. Der Erfolg ist anfangs mäßig, später allerdings gewaltig. Der Darsteller der Titelfigur hatte Čechov im März 1900 in Jalta besucht, um ihm seine Interpretation vorzuführen, worauf der Autor an seine Schwester schreibt: *Višnevskij war da. Er hat 4 Tage hier verbracht und die ganze Zeit bei mir am Tisch gesessen und ... erzählt, wie wundervoll er gespielt habe. Er hat mir seine Rolle aus dem «Onkel Vanja» vorgetragen, mir das Stück in die Hand gedrückt und mich gebeten, ihm die Stichworte zu sagen; er hat gebrüllt, sich geschüttelt, sich an die Schläfen gefaßt, und ich habe ihm zugesehen und zugehört mit Verzweiflung im Herzen, weggehen konnte ich doch nicht, weil es schneite – und das 4 Tage lang!*[190]

Čechov-Porträt von Josif E. Braz um 1898

Im April 1900 gastiert das Künstler-Theater auf der Krim und spielt in Jalta *Die Möwe* und *Onkel Vanja*. Dieses Ereignis ist für Čechov eine willkommene Unterbrechung seines tristen Alltags. Er war der Truppe bereits nach Sevastopol entgegengereist und nahm an einer Aufführung von *Onkel Vanja* teil. Stanislavskij notiert: «Der Erfolg war außergewöhnlich groß. Der Autor wurde unzählige Male hervorgerufen. Diesmal war Čechov mit der Darstellung zufrieden. Zum erstenmal sah er unser Theater in der vollen Ausstattung einer öffentlichen Vorstellung. Während der Pausen kam Anton Pavlovič zu mir herein, lobte mich . . .»[191] Die

Anton Čechov und Olga Knipper

autobiographischen Aufzeichnungen Stanislavskijs sind freilich – das bleibt zu bedenken – nicht frei von Schönfärberei. Er versucht im nachhinein, die Differenzen zwischen ihm und dem Autor zu verwischen. Gleichwohl, die Gastspiele erregten großes Aufsehen. Noch einmal Stanislavskij: «Von Sevastopol fuhren wir nach Jalta, wo uns fast die ganze Elite der russischen Literatur erwartete, die sich auf der Krim wie verabredet bei unseren Gastspielen traf ... Außer den Schriftstellern weilten unten auf der Krim viele Schauspieler und Musiker, unter denen der junge S. W. Rachmaninov besonders hervorragte. Täglich um die gleiche Stunde trafen sich alle Schauspieler und Schriftsteller in der Villa Čechovs, bei dem wir zum Frühstück eingeladen waren.»[192] Čechov selber merkt über die Gastspielreise des Künstler-Theaters an: ... *die zwei Wochen vergingen wie im Rausch.*[193] Diese ungewöhnlich emphatische Formulierung ist freilich nicht auf das ganze Ensemble gemünzt, sondern auf eine der Hauptdarstellerinnen: Olga Knipper, Čechovs spätere Ehefrau. *Seien Sie gegrüßt, letzte Seite meines Lebens*[194], so redet er sie 1899 in einem Brief an, und das hat man wortwörtlich zu nehmen. Die Beziehung zu Olga Knipper ist vermutlich die einzige intensive Liebesbeziehung in Čechovs Leben. Getrübt wird sie freilich durch die Tatsache, daß beide an getrennten Orten leben, da Olga – auf eigenen und auf seinen Wunsch – ihren Beruf als Schauspielerin nicht aufgibt. So führen sie ein reduziertes Liebes- und später Eheleben, von dessen Interna manches in den ungemein charmanten und vergleichsweise offenherzigen Briefen an Olga verraten wird. So schreibt Čechov Ende September 1900: *Deinem Brief im ganzen nach zu urteilen, willst und erwartest Du irgendeine Erklärung, irgendein langes Gespräch – mit ernsten Gesichtern, mit ernsten Folgen; und ich weiß nicht, was ich Dir sagen soll, außer dem einen, was ich Dir schon 10 000mal gesagt habe und Dir, wahrscheinlich, noch lange sagen werde, d. i. daß ich Dich liebe – und weiter nichts. Wenn wir jetzt nicht zusammensind, so sind daran nicht Du und nicht ich schuld, sondern der Dämon, der mir Bazillen eingehaucht hat und Dir die Liebe zur Kunst.*[195]

Stärker als zuvor leidet er jetzt unter seiner *Verbannung*, seiner Sehnsucht nach Moskau, nach der mittelrussischen Landschaft: *Ja, meine liebe Schauspielerin, mit welch kälberhafter Begeisterung würde ich jetzt übers Feld laufen, am Waldrand entlang, am Fluß, an der Herde. Komisch zu sagen, aber ich habe doch seit zwei Jahren kein Gras mehr gesehen. Mein Herz, ich habe Sehnsucht.*[196]

Ein dreiviertel Jahr später, im Mai 1901, heiratet er Olga Knipper, ohne die Verwandten vorher zu informieren und ohne alle Formalitäten: *Ich habe,* so hatte er kurz vorher an Olga geschrieben, *aus irgendeinem Grunde schreckliche Angst vor der Trauung und den Glückwünschen und dem Sekt, den man in der Hand halten und dabei ein unbestimmtes Lächeln aufsetzen muß.*[197] Olga gesteht später, bei der Trauungszeremonie in einer kleinen Moskauer Kirche habe sie nicht gewußt, ob sie «lachen oder weinen sollte». Am gleichen Tag noch fahren sie ins Gouvernement Ufa, wo Čechov sich einer Kumys-Kur unterziehen soll. Die Kur bekommt ihm sehr gut, er nimmt an Gewicht zu, behauptet aber, daß er sich entsetzlich langweilt auf dieser ungewöhnlichen Hochzeitsreise. Er bricht die Behandlung ab und reist mit Olga zurück nach Jalta. Drei Wochen später muß sie ihre Arbeit am Künstler-Theater wieder aufnehmen. Auch nach der Eheschließung leben sie immer nur kurze Zeit zusammen, mal in Jalta, mal in Moskau, meist jedoch sind sie getrennt. Die Briefe Čechovs zeigen bei aller spielerischen Anmut, wie sehr er die Gegenwart seiner Frau entbehrt: *Liebes Pferdchen ... Ruf mich bald, bald zu Dir nach Mos-*

Das Ensemble des Moskauer Künstler-Theaters im Jahre 1902 (links in der dritten Reihe Maksim Gorkij, der seine Linke auf Čechovs Schulter legt. Čechov blickt Olga Knipper an)

Olga Knipper, 1899

kau; hier ist es klar, und warm, aber ich bin doch schon pervertiert, ich kann diese Reize nicht mehr gebührend schätzen, ich brauche den Moskauer Matsch, das Moskauer schlechte Wetter ... Und Du wirst mir zugeben, ich bin doch verheiratet, ich möchte ab und zu meine Frau sehen.[198] *Mein Herzchen, Pferdchen, mir ist ohne Dich langweilig, kalt, uninteressant, und Du hast mich so verwöhnt, daß ich, wenn ich mich schlafen lege ... Angst habe, ich könnte mich nicht mehr an- und ausziehen ... Auf der Reise habe ich alles aufgegessen ... außer dem Butterbrot mit Schinken. Die Reise war gut ... In der Stadt war ich noch nicht, draußen war ich noch nicht. Meine Frau ist nicht da, sie ist in Moskau, ich lebe wie ein Mönch ... Ins Bad gehen werd ich im Mai, wenn ich nach Moskau komme, und bis dahin werde ich auf meiner Haut Mais säen – und mir auf diese Weise etwas verdienen.*[199]

Čechovs Briefe an seine Frau gehören nicht nur zu den schönsten Briefen der Weltliteratur, sie enthalten auch detaillierte Angaben – freilich nicht sehr viele – über die Interpretation der Rollen, die Olga in seinen Stücken übernimmt. In *Drei Schwestern*, an denen er seit November 1899 mit großen Unterbrechungen, arbeitet, spielt sie die mittlere Schwester, Maša. Doch bevor es zu den Proben kommt – Čechov bringt im Oktober 1900 die fertige Fassung selber nach Moskau –, ereignet sich bei der Lesung des Stücks fast ein Eklat. Ein Mitglied des Ensembles erklärt rundheraus, er sei «prinzipiell nicht mit dem Autor einverstanden». Darauf verläßt Čechov den Raum, in dem die Lesung stattfand. Stanislavskij folgt ihm in seine Wohnung nach und findet ihn «nicht nur verstört und beleidigt vor, sondern so böse, wie er eigentlich selten war. ‹Das ist ja unmöglich, hören Sie ... prinzipiell! ...› rief er, den Redner nachäffend, aus. Die konventionelle Phrase hatte also das Maß von Anton Pavlovičs Geduld überschritten; doch war ein noch gewichtigerer Grund vorhanden. Es stellte sich heraus, daß der Dramatiker überzeugt war, eine heitere Komödie geschrieben zu haben, während bei der Lesung alle das Werk für ein Drama hielten und zu weinen begannen, als sie es hörten. Das veranlaßte Čechov zu denken, sein Stück sei unverstanden und durchgefallen.»[200]

Die Bezeichnung «Komödie» fehlt in der letzten Fassung (Čechov hat an diesem Stück verschiedene gravierende Redaktionen vorgenommen) – es heißt lediglich «Drama in vier Akten». Daß er sich vom Ensemble des Künstler-Theaters mißverstanden fühlt, erhellt auch eine kurze Bemerkung gegenüber einer befreundeten Schauspielerin: *Das Stück ist ... angeblich düsterer als düster. Und: Das Stück ist kompliziert wie ein Roman, und die Stimmung, angeblich, mörderisch ...*[201] Er selber indes ist nicht dieser Ansicht. Als die Probenarbeit beginnt und er bereits nach Italien abgereist ist (aus gesundheitlichen Gründen, vielleicht aber auch, um sich weitere Enttäuschungen am Künstler-Theater zu ersparen), schreibt er an Olga: *Mach in keinem Akt ein trauriges Gesicht. Ein zorniges, ja, aber*

Čechov mit seiner Frau Olga, Sommer 1902

*kein trauriges. Menschen, die seit langem einen Kummer mit sich herum-
tragen und an ihn gewöhnt sind, pfeifen nur vor sich hin und werden oft
nachdenklich. So wirst auch Du auf der Bühne ziemlich oft nachdenklich
während der Gespräche.*[202] Und etwas später: *Mašas Beichte im III. Akt ist
ganz und gar keine Beichte, sondern nur ein offenes Gespräch. Führ es
nervös, aber nicht verzweifelt, schrei nicht, lächle wenigstens manchmal
und führ es vor allem so, daß man die Erschöpfung der Nacht spürt.*[203]

Präzisere Erklärungen und Deutungen hat Čechov auch zu diesem
Stück nicht gegeben (sehr zum Unmut Stanislavskijs übrigens); vermutlich war ihm klar, daß man seine Auffassung des Komischen doch nicht
akzeptieren, sein ureigenes Lebens- und Überlebensmuster gar nicht begreifen würde.

Das Drama *Drei Schwestern* handelt vom Vergehen der Zeit, vom Vergehen der Hoffnungen. Es handelt aber auch von einer Inversion der Zeit, von der Projektion der Tagträume in eine verklärte Vergangenheit und in eine Zukunft, die lange greifbar nahe scheint und für die paradigmatisch die Formel «Nach Moskau!» steht. Zukunft und Vergangenheit werden idealisiert, und nur die Gegenwart ist schlecht und öde. Keine der drei Schwestern macht sich genaue Vorstellungen von der Zukunft, sie sind gar nicht fähig, sie auszumalen. Ihre Flucht aus der Gegenwart, ihr Eskapismus hat ihre aktive Phantasie umnebelt, was die jüngste Schwester, Irina, mit den Worten andeutet: ... *uns hat es überwuchert wie Unkraut.*[204] Während die drei Schwestern nur ihre eigene Zukunft in vagen

Selbstkarikatur von Čechov

Anton Čechov. Skizze von Valentin Aleksandrovič Serov, 1902

Bildern beschwören, ergeht sich ein Freund des Hauses, Veršinin, Offizier und eine Art Salonphilosoph, in allgemeinen, sehr dilettantischen Zukunftsvisionen, wie sie in gleicher Unverbindlichkeit auch verschiedene andere Dramenfiguren Čechovs äußern: *In zweihundert, dreihundert Jahren wird das Leben auf der Erde unvorstellbar schön, wunderbar sein.* Mit beiläufiger Ironie entlarvt Čechov die Fragwürdigkeit dieser Prophetie, indem er Irina *mit einem Seufzer* darauf antworten läßt: *Das sollte man wirklich alles aufschreiben . . .*[205]

Die leitmotivische Funktion der Zeit symbolisiert der Autor an den Figuren der drei Schwestern. Die älteste, Olga, Lehrerin von Beruf, ist zu

Beginn des Dramas (es erstreckt sich über einen Zeitraum von mehreren Jahren) 28 Jahre alt. Stärker als die jüngeren erinnert sie sich an die Vergangenheit, an ihre Kindheit in Moskau; doch ihr kommt es vor, als sei sie bereits *alt geworden*. Ihr Lebensgefühl orientiert sich am intensivsten an dem, was einmal war. Die mittlere, Maša, lebt am stärksten in der Gegenwart, in einer spießigen, tristen Gegenwart allerdings. Nur ihr gelingt auch, obschon bloß vorübergehend, eine Flucht: in eine Liebesbeziehung mit Veršinin. Auch sie leidet unter der Gegenwart, aber sie stellt keine Erwartungen an die Zukunft: *Wenn man das Glück immer nur in Unterbrechungen, stückchenweise zu fassen kriegt und es dann verliert, wie ich, dann wird man langsam aber sicher grob und bösartig.*[206]

Die Jüngste, Irina, verkörpert zu Beginn des Dramas die dritte Zeitdimension: die Zukunft. Sie ist jung, erst zwanzig Jahre alt, und sie glaubt noch an die Zukunft: *Als ich heute aufwachte, aufstand und mich wusch, da schien mir plötzlich, als sei für mich alles klar auf dieser Welt, und ich weiß, wie man leben soll ... Der Mensch muß sich mühen, arbeiten im Schweiße seines Angesichts, wer er auch sei, und darin liegt allein der Sinn und das Ziel seines Lebens, sein Glück, seine Seligkeit.*[207] Als Irina dann tatsächlich zu arbeiten beginnt, als Telegrafistin und dann als Sekretärin im Zemstvo, erlahmt ihre Begeisterung, sie ist müde, überanstrengt, desillusioniert. Und auch ihr Bruder, auf den die Schwestern alle ihnen verwehrten Wunschbilder projizieren, dem sie eine glänzende Karriere in Moskau vorspiegeln, ist zu kraftlos, um sich aus der erdrückenden Gegenwart zu befreien: *Oh, wo ist sie, wohin ist sie entschwunden, meine Vergangenheit, als ich jung war, fröhlich, klug, als ich noch träumen konnte und glänzende Ideen hatte, als Gegenwart und Zukunft für mich noch von der Hoffnung beschienen waren? Weshalb werden wir, kaum daß wir zu leben angefangen haben, so langweilig, grau, uninteressant, träge, gleichgültig, unnütz, unglücklich.*[208]

Dem Sog der provinziellen Öde und Alltäglichkeit ihres Daseins erliegen schließlich alle vier Geschwister: das, was vorübergehend Abwechslung und Unterhaltung in ihr Leben brachte, die Ankunft eines Offizierskorps, kommt von außen; in ihrem Innern verändert sich dadurch nichts. Der Abschied der Offiziere, im letzten Akt des Dramas, setzt denn auch nur eine äußere Zäsur. Doch in ihrer Realitätsflucht erscheint es den Schwestern so, als habe von nun an ihr Leben keine Perspektive mehr, denn *die Stadt*, ihre Außenwelt, *wird veröden*. Am Ende, nach allem Abschied, allen Enttäuschungen und dem plötzlichen Tod von Irinas ungeliebtem Bräutigam (er ist im Duell gefallen) artikulieren die jüngste und die älteste Schwester noch einmal eine Zukunftsvision, eine absolut resignative allerdings: *Die Zeit wird kommen, da werden es alle erfahren, warum das alles, wozu all diese Leiden: ... mir scheint, noch ein wenig, und wir werden erfahren, warum wir leben, warum wir leiden ... Wenn man es nur wüßte, wenn man es nur wüßte!*[209] Dies der Schluß des

Dramas, dessen Anklänge an die letzten Sätze aus *Onkel Vanja* unüberhörbar sind. Die Uraufführung der *Drei Schwestern* am 31. Januar 1901 findet offenbar nicht nur positive Resonanz, obschon zwei Telegramme von Nemirovič-Dančenko, dem künstlerischen Leiter des Theaters, von «Ovationen» und «Riesenvorhängen» reden. Čechov, den die Telegramme in Italien erreichen, bleibt mißtrauisch. Nach seiner Rückkehr nach Jalta versucht er, sich bei seiner Frau zu vergewissern: *Es sieht nach Mißerfolg aus, weil alle, die Zeitung gelesen haben, kleinlaut werden.*[210] Die Unstimmigkeit erklärt sich dadurch, daß zwar das Publikum, nicht aber die Presse das Stück mit Beifall aufgenommen hatte. Später wird es in Petersburg, Kiev und anderen russischen Städten mit großem Erfolg aufgeführt, und heute gehört es zu den meistgespielten Dramen Čechovs. Sein Kommentar nach der Uraufführung: *Das nächste Stück, das ich schreiben werde, wird unbedingt komisch, sehr komisch, zumindest im Plan.*[211]

Trotz solcher Vorsätze dauert es noch sehr lange, bis zum Oktober 1903, ehe das Stück abgeschlossen werden kann. Čechovs Gesundheitszustand läßt kontinuierliches Arbeiten nicht mehr zu, er ist sehr geschwächt, schläft wenig, da die Hustenanfälle während der Nacht noch häufiger auftreten als am Tage. Ein zweiter Arzt, den er konsultiert, rät ihm, den Winter nicht im Süden, sondern in Moskau zu verbringen, ein Vorschlag, den Čechov nur zu gern akzeptiert. Er möchte unbedingt an den Proben zu seinem neuen Stück teilnehmen. Anfang Dezember reist er nach Moskau.

Der Titel *Der Kirschgarten* stand nicht von Anfang an fest, wie eine Anekdote Stanislavskijs erhellt: «Eines Abends übermittelte man mir telefonisch die Bitte Čechovs, geschäftlich zu ihm zu kommen ... ‹Wissen Sie, ich habe einen großartigen Namen für das Stück gefunden. Wirklich wundervoll!› erklärte er, mich unentwegt anstarrend. ‹Welchen?› fragte ich ganz aufgeregt. ‹Der Kirschgarten› – und er brach in ein fröhliches Gelächter aus. Ich begriff den Anlaß seiner Freude nicht und konnte auch nichts Besonderes an dem Namen finden ... Ich begann, ihn ganz diplomatisch auszufragen, doch wieder stieß ich auf jene seltsame Eigenschaft Čechovs: er vermochte nicht, über seine Werke zu sprechen. An Stelle einer Erklärung begann Anton Pavlovič auf jede erdenkliche Art in den verschiedensten Tonfällen und Klangfärbungen zu wiederholen: ‹Kirschgarten. Hören Sie diesen wundervollen Namen: Kirschgarten, Kirschgarten!›»[212]

Worauf Čechov hinauswollte: es gibt im Russischen eine altertümliche Bezeichnung für «Kirschgarten», die buchstabengleich, nur mit anderer Betonung, andeutet, daß es sich nicht um einen Nutzgarten, sondern einen Ziergarten handelt, der – nach den Worten Stanislavskijs – «in sich und seinem weißen Blühen lediglich die Poesie eines vergangenen feudalen Lebens» bewahrt; er «wächst und blüht nur zur Augenweide verwöhn-

1904

ter Ästheten».[213] Der nutzlose Garten ist also ein Symbol für eine dem Luxus und Müßiggang ergebene Gesellschaft, die nicht imstande ist, sich der neuen Zeit und ihren gewandelten ökonomischen Bedingungen anzupassen. Die Figurenkonstellation des Dramas ist so angelegt, daß sich Repräsentanten der alten und der neuen Zeit gegenüberstehen. Die verschuldete Besitzerin des Kirschgartens und des dazugehörigen Gutes, unfähig, sich und ihrer Familie den Besitz zu erhalten, repräsentiert die abgelebte Epoche *eines feudalen Lebens verwöhnter Ästheten*; der ehemalige Bauernsohn Lopachin, inzwischen ein wohlhabender Kaufmann, ist der Vertreter der neuen Zeit, ein Pragmatiker, der den Kirschgarten parzellieren und mit Sommerhäusern bebauen will, damit er Nutzen bringt. Die Besitzerin, Ljubov Ranevskaja, lehnt diesen Vorschlag ab, und so kommt es zur Versteigerung. Die Nachricht von der Versteigerung überbringt der neue Besitzer des Kirschgartens, Lopachin, in dem Moment, wo die ehemalige Gutsherrin einen Ball veranstaltet – eine ziemlich makabere Situation, die Lopachin, den ganz und gar nicht kaltblütigen, sondern eher mitfühlenden Kaufmann, verlegen macht. Zur Ranevskaja gewendet stößt er hervor: *Warum nur, warum haben Sie nicht auf mich gehört! Meine Arme, Schöne, jetzt gibt es kein Zurück. (unter Tränen) Oh, wenn nur alles bald vorüber wäre, wenn es sich nur bald irgendwie ändern würde, unser ungereimtes, unglückliches Leben.*[214]

Aus diesen Sätzen spricht nicht der Triumph des Neureichen, sondern sensible Verzagtheit; und darin liegt der Reiz dieses Dramas. Weder die ‹Untüchtigen› noch die ‹Tüchtigen› sind diesem *ungereimten Leben* gewachsen, jeder ist auf seine Weise verunsichert. Lopachin freilich hat den Trost, daß er seinen Verdruß durch Arbeit kompensieren kann. Am Ende des Stücks, als alle, bis auf den uralten Diener (den man vergessen hat) das Gutshaus verlassen, räsoniert Lopachin: *Es ist Zeit, wir müssen fahren. Wir rümpfen einer über den andern die Nase, doch das Leben, das geht weiter. Wenn ich lange arbeite, ohne Pause, dann werden die Gedanken leichter, und mir kommt es dann so vor, als wüßte ich, wozu ich lebte. Aber wie viele Menschen gibt es in Rußland . . . die leben und wissen nicht wozu. Na, egal, nicht darin liegt die Zirkulation der Sache.*[215] Lopachin ist, im Sinne Čechovs, eine komische Figur, die das Unangemessene ihrer Situation sieht, aber nicht ändern kann: Ein ehemaliger Bauernsohn vertreibt die Gutsbesitzerin aus ihrem Kirschgarten, rümpft die Nase über ihre Untüchtigkeit und weiß zugleich, daß man auch über ihn die Nase rümpft. Dabei versucht er, durch (falsch benutzte) Fremdwörter, sich dem Niveau der alten Adelsschicht anzupassen. Die aber ist nun, durch ihre Mittellosigkeit, nicht mehr in der Lage, comme il faut zu leben, ihr Niveau zu halten. Das deutet sich sogar im Sprachton der Ranevskaja an, die vor dem Verkauf des Gutes lange im Ausland mit einem Mann zusammen lebte und nun der freien Liebe das Wort redet. Als man ihr widerspricht, ereifert sie sich und nennt ihren Gesprächspartner *ein prüdes Würstchen*, *eine taube Nuß.* Mit diesen gar nicht damenhaften Wendungen will der Autor zu verstehen geben, wie demoralisiert diese Frau bereits ist. Überhaupt ist die Subtilität dieses Dramas, stärker noch als bei den früheren, allein schon an der Sprache ablesbar: Das Ineinander von alten Traditionen und einem neuen, robusten Lebensstil spiegelt sich beinahe in jedem Satz. Es markiert aber noch etwas anderes: wieder, wie in den früheren Stücken, distanziert Čechov sich von seinen Figuren, nimmt für keine Seite Partei. Die Ideale und Repräsentanten der alten Zeit werden relativiert durch ihren Antipoden Lopachin, und umgekehrt. Gleichwohl bildet der Verweis auf eine bessere Zukunft ein zentrales Motiv, das in vielen Brechungen erscheint. Die ältere Generation bangt vor der Zukunft, weil sie weiß, daß sie trübe sein wird, die jüngere sehnt sie herbei und weiß doch nicht, was sie ersehnt – so sehr bleibt alles wieder abgeblendet.

Die vielen Schattierungen, also die Innenwelt der Figuren-Konstellationen, hat Stanislavskij offenbar nicht gleich wahrgenommen. Es gab, während der Proben, viele Unstimmigkeiten. Čechov befürchtete, mit Recht, daß man den *Kirschgarten* als Rührstück interpretieren würde. Grund zu dieser Befürchtung hatte bereits Nemirovič-Dančenko mit einem Brief geliefert, den er dem Autor nach Jalta geschickt hatte: «Das ist keine Komödie, keine Farce, wie Sie schrieben –, das ist eine Tragödie, gleichgültig, welchen Ausweg zu einem besseren Leben Sie im letzten Akt entdeckt haben.»[216] Doch für Čechov liegt die Quintessenz des Komödienhaften nicht in dem «Ausweg zu einem besseren Leben», sondern in der Unvereinbarkeit zweier Welten und deren immanenter Fragwürdigkeit. Das freilich gab er nicht preis.

Das Künstler-Theater nimmt die Premiere am 17. Januar 1904[217] (Čechovs Geburtstag) zum Anlaß für eine große Ehrung. Noch einmal Stanislavskij: «Doch auf der Jubiläumsfeier war er nicht sehr froh, gerade als fühle er sein nahes Ende. Als er nach dem dritten Akt, totenbleich und hager auf dem Proszenium stehend, den Husten nicht zu unterdrücken vermochte, während man ihm mit Glückwunschadressen und Geschenken huldigte, krampfte sich unser Herz schmerzlich zusammen. Aus dem Zuschauerraum rief man ihm zu, er möge sich doch setzen, aber Čechov machte ein finsteres Gesicht und stand während der ganzen langen, anscheinend nicht enden wollenden Jubiläumszeremonie, über die er in seinen Werken so gutmütig zu lachen verstand ... Das Jubiläum verlief feierlich, hinterließ aber einen bedrückenden Eindruck. Eine Begräbnisatmosphäre ging von ihm aus.»[218]

Bald darauf reist Čechov nach Jalta. In seinen Briefen an Olga und einige Freunde urteilt er über die Inszenierung des *Kirschgarten: Stanislavskij hat mein Stück ruiniert.*[219] Er hat also niemals eine Aufführung seiner Dramen gesehen, die ihn zufriedenstellte. Erst viel später, nach seinem Tod, scheint man im Künstler-Theater die subtilen Andeutungen in seinen Dramen, ihre «Unterströmung» und ihre «kritische» – und dabei

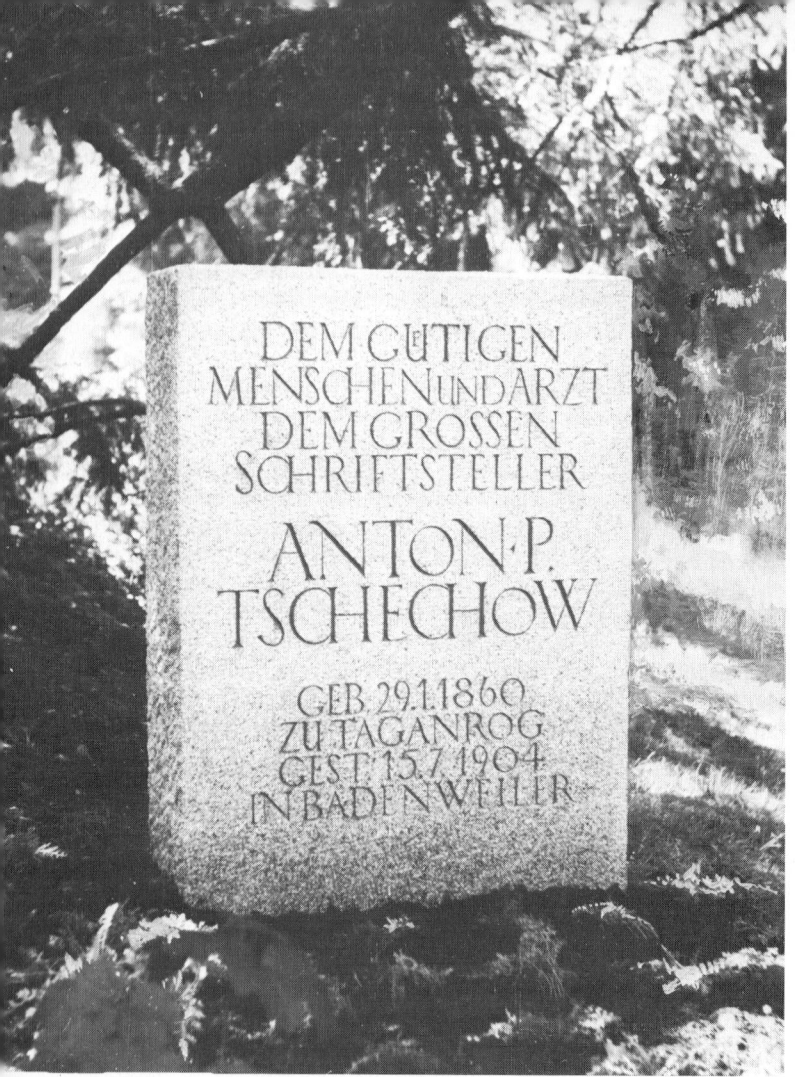

Anton Čechov-Gedenkstein in Badenweiler

unaufdringliche – «Trauer», erfaßt zu haben. Und im Laufe der Jahre wurde Stanislavskij zu einem ihrer feinfühligsten Interpreten.

Für den Juni ist eine Kur in Badenweiler geplant. Kurz vor Čechovs Abreise aus Moskau schildert ihn einer seiner letzten Besucher: «Auf dem Diwan, in Kissen gebettet, saß ... mager, entkräftet und unkenntlich

Anton Pavlovič. Niemals hätte ich an solch eine Veränderung glauben können. Er streckte die schwache, wächserne Hand aus, deren Anblick einen erschreckte, sah mich mit seinen freundlichen, nun schon nicht mehr lächelnden Augen an und sagte: ‹Morgen fahre ich. Leben Sie wohl. Ich fahre, um zu sterben.›» [220] Dies ist eines der wenigen Male, wo Čechov das beinahe ritualisierte Versteckspiel um seinen Gesundheitszustand aufgibt. In Badenweiler freilich, vor den Augen seiner Frau, sucht er es fortzusetzen.

In diesem Kurort, dessen *deutsche Stille und Ruhe* ihn irritiert, fühlt er sich absolut nicht wohl, er möchte weiterreisen, an den Comer See. Doch Ende Juni erleidet er mehrere Herzanfälle. Am 2. Juli verschlechtert sich sein Zustand rapide. Seine Frau Olga versichert in ihren Erinnerungen, sie habe das zunächst nicht bemerkt: «Sogar ein paar Stunden vor seinem Tod brachte er mich noch zum Lachen, indem er sich eine Geschichte ausdachte. Das war in Badenweiler. Nach drei schweren anstrengenden Tagen ging es ihm gegen Abend besser. Er überredete mich, im Park spazierenzugehen, weil ich die Tage zuvor die ganze Zeit nicht von ihm gewichen war; und als ich zurückkam, war er ganz beunruhigt, daß ich nicht zum Essen ging ... Ich hatte mich nach den Strapazen der letzten Tage bequem auf den Diwan gehockt und lachte aus vollem Herzen (über die Geschichte, die er skizziert hatte), und es kam mir nicht in den Sinn, daß ich binnen weniger Stunden vor der Leiche Čechovs stehen würde.» [221]

In der Nacht wacht Čechov mit starken Atembeschwerden auf. Der Arzt kommt und läßt – wie Olga Knipper erinnert – «Champagner bringen: Anton Pavlovič setzte sich auf und sagte irgendwie bedeutungsvoll, laut zu dem Arzt auf deutsch (er konnte nur sehr wenig deutsch!): ‹Ich sterbe ...› Dann nahm er das Glas, drehte das Gesicht zu mir, lächelte sein wunderbares Lächeln, sagte: ‹Ich habe so lange keinen Champagner mehr getrunken...› trank das Glas in aller Ruhe aus, legte sich still auf die linke Seite und war bald für immer verstummt.» [222]

Der Sarg mit Čechovs Leiche wird kurz darauf in einem Austern-Waggon mit der Bahn nach Moskau gebracht. Maksim Gorkij, bei der Ankunft des Zuges in Moskau anwesend, schreibt darüber in seinen Erinnerungen: «Der Sarg des Schriftstellers, den Moskau so ‹zärtlich liebte›, wurde in einem gewöhnlichen, grün angestrichenen Güterwagen transportiert; die Tür des Wagens trug die mit großen Buchstaben geschriebene Aufschrift: ‹FÜR AUSTERN›. Ein Teil der kleinen Menschenmenge, die sich auf dem Bahnhof versammelt hatte, um den Schriftsteller zu empfangen, folgte dem aus der Mandschurei hergebrachten Sarg des Generals Keller und wunderte sich sehr darüber, das Čechov mit Militärmusik beerdigt wurde. Als der Fehler aufgeklärt wurde, fingen einige lustige Leutchen an zu schmunzeln.» [223] Niemand hätte sich mehr über die Verwechslung mokiert als Čechov selber. Der Teil seines Wesens, den er der

Umwelt offenbarte, hätte diese Szene als Komödie genommen. In seinem Innern aber hätte er sich gegraust vor so viel undelikater Robustheit; denn im Grunde fürchtete er die Menschen, über die er lachte und spottete, fürchtete sie im täglichen Umgang, aber auch als sein Publikum. Ausdruck dieser Furcht ist ein kaum chiffriertes Selbstbekenntnis, das er dem alternden Schriftsteller Trigorin aus der *Möwe* in dem Mund legt: ... *ich glaube, all diese Aufmerksamkeit meiner Bekannten, ihr Lob, ihr Entzükken, das ist alles nur Betrug, sie betrügen mich wie einen Kranken, und ich habe manchmal Angst, daß sie sich, hier, hinter meinem Rücken an mich heranschleichen könnten, mich packen und ... ins Irrenhaus stecken. In den Jahren, in den besten Jahren meiner Jugend, als ich anfing, war meine Schriftstellerei eine einzige ununterbrochene Qual. Ein kleiner Schriftsteller, besonders wenn ihm nichts gelingt, kommt sich plump vor, ungeschickt, überflüssig ... unwiderstehlich zieht es ihn hin zu Leuten, die mit Literatur und Kunst zu tun haben, er selbst dabei nicht anerkannt ... hat Angst jemandem gerade und kühn in die Augen zu sehen, wie ein leidenschaftlicher Spieler, der kein Geld hat. Ich habe meinen Leser nicht gesehen, aber aus irgendeinem Grunde stelle ich ihn mir feindselig und mißtrauisch vor. Ich habe Angst vor meinem Publikum ...*[224]

Noch unmittelbarer, noch lapidarer und umfassender liest sich seine resignative Lebensbilanz in einem Brief aus dem Jahre 1895: *Ich bin nur der Verwalter, nicht der Herr meines Lebens gewesen. Das Schicksal hat mich nicht allzu sehr verwöhnt.*[225] Diesem Bewußtsein hat er abgetrotzt, was wir nun als Werk und Lebensgeschichte besitzen.

Anmerkungen

Der russische Name setzt sich zusammen aus Vor-, Vaters- und Familiennamen, z. B. Anton Pavlovič Čechov.

Die Schreibung der russischen Eigennamen wurde nach der in der Slavistik üblichen Transkription vorgenommen. Für spezifisch russische Laute wurden die entsprechenden diakritischen Zeichen gesetzt:

č (tsch) wie Čechov
c (ts) wie Zeichen
s stimmloses scharfes s
š scharfes sch wie Asche
v (w) wie Vanja oder, im Auslaut, Čechov
z weiches s wie Rose
ž weiches sch wie Journal – ë wird jo ausgesprochen

In Zitaten aus zeitgenössischen Memoiren oder Gesprächsaufzeichnungen, die in der deutschen Übersetzung die alte Transkription enthalten, wurde die alte Schreibung ebenso wie in den ZEUGNISSEN durch die neue Transkription ersetzt.

Maße und Gewichte, die im Text erwähnt sind:

1 Pud   = 16,38 kg
1 Verst   = 1,067 km
1 Aršin   = 71,1 cm
1 Desjatine = 1,0925 ha

Zeitschriften, die in diesem Text genannt werden:

Budilnik	= Der Wecker, humoristische Zs, zunächst Petersburg, dann Moskau, ersch. wöchentlich, Hg. Kurepin
Novoe vremja	= Neue Zeit, Tageszeitung, Petersburg, Hg. Suvorin
Oskolki	= Splitter, humoristische Zs, Petersburg, ersch. wöchentlich, Hg. Lejkin
Peterburgskaja gazeta	= Petersburger Tageszeitung, Petersburg, Hg. Chudekov
Russkaja mysl	= Russisches Denken, Monatszs. Moskau, Hg. Lavrov
Severnyj vestnik	= Nördlicher Bote, Monatszs. Petersburg, Hg. ab 1891 Gurevič
Strekoza	= Die Grille, humoristische Wochenzs. Petersburg, Hg. Vasilevskij

Erklärung der Abkürzungen:
Bunin: s. Bibliogr. ‹Materialien› Nr. 4
Chronik: s. Bibliogr. ‹Materialien› Nr.29

Ermilov: s. Bibliogr. ‹Sekund.lit.›
Hirschmann: s. Bibliogr. ‹Materialien›
Gitovič: s. Bibliogr. ‹Nachschlagewerke›
Lit. nasl.: s. Bibliogr. ‹Materialien› Band 87
Magaržak: s. Bibliogr. ‹Untersuchungen Moja žizn'›
Stanislavskij: s. Bibliogr. ‹Materialien›
Vokrug Čechova: s. Bibliogr. ‹Materialien›

1 Br. II, 292 f
2 Drei Schwestern, S. 115
3 Lit.nasl. S. 554
4 Br. I, 32
5 Vokrug Čechova, S. 63
6 Lit. nasl. S. 690
7 Br. I, 165
8 Br. I, 398
9 Alexander von der Ley, S. 26
10 Hirschmann, S. 8
11 Br. III, 9
12 Br. I, 421
13 Br. I, 385
14 Kurzroman ist die, sehr ungenaue, Eindeutschung für die russische- «povesť», eine spezifische Prosa- gattung, die nach Umfang und Su- jet zwischen Novelle und Roman anzusiedeln ist.
15 Kleine Romane III, 49
16 Erzählungen 1887–1888, 327 f
17 Br. I, 225
18 Erzählungen 1887–1888, 311
19 Gitovič, S. 17 f
20 Ermilov, S. 24
21 Schopenhauer's Sämmtliche Wer- ke in fünf Bänden. Leipzig o. J. Bd. II, S. 808
22 Erzählungen 1887–1888, 251
23 Ermilov, S. 21 f
24 Lit.nasl. S. 539
25 Margaržak, S. 18
26 Br. I, 31 f
27 Br. I, 11
28 Chronik, S. 21
29 Br. I, 13
30 Br. I, 286
31 Erzählungen 1883–1885, 113
32 Hirschmann, S. 15
33 Magaržak, S. 35
34 Br. I, 154

35 Chronik, S. 25
36 Ermilov, S. 39
37 Lit.nasl. S. 550
38 Alexander von der Ley, S. 121
39 Vokrug Čechova, S. 110 f
40 Bunin, S. 95
41 Bunin, S. 86
42 Bunin, S. 87
43 Br. I, 41
44 Br. I, 40
45 Br. I, 26
46 Br. I, 49
47 Br. I, 120
48 Br. I, 70
49 Gitovič, S. 65
50 Br. I, 24
51 Br. I, 127 f
52 Erzählungen 1887–1888, 150
53 dt. erstmals 1925 von Hans Halm und Richard Hoffmann, 1949 – erheblich gekürzt – von Fega Frisch, sodann, von Peter Urban nochmals neu übersetzt, Zürich 1985
54 Br. I, 300 f
55 Br. I, 85
56 Br. I, 423
57 A. P. Čechov: Sbornik dokumen- tov, S. 259
58 Jurij Trifonov: Die Zeit der Unge- duld. Bern und München 1975, S. 5
59 Br. I, 148 f
60 Br. I, 252
61 Br. I, 53 f
62 Br. I, 58 f
63 Br. I, 64
64 Gitovič, S. 66
65 Gitovič, S. 120
66 Br. I, 105
67 Br. I, 109

68 Thomas Mann: Versuch über Tschechow, S. 321
69 Kleine Romane I, 21 f
70 Br. I, 287 f
71 Br. IV, 190
72 Br. I, 145
73 Br. I, 262
74 Br. I, 83
75 Br. I, 77
76 Vokrug Čechova, S. 140
77 Br. I, 90 f
78 Br. I, 107
79 Br. I, 464 f
80 Br. I, 110 ff
81 Br. I, 112 f
82 Br. I, 138 f
83 Br. I, 162
84 Sämtliche Einakter, 14
85 Br. I, 178
86 Platonov, S. 18, 99, 88
87 Br. I, 221
88 Platonov, S. 128
89 Platonov, S. 128 f
90 Br. I, 373 ff
91 Br. I, 182
92 Br. I, 194 f
93 Br. I, 181
94 Einakter, 52
95 Vokrug Čechova, S. 176
96 Br. I, 229
97 Br. I, 209 f
98 Erzählungen 1886, 30
99 Erzählungen 1887–1888, 123
100 Thomas Mann, S. 322
101 Kleine Romane I, 77
102 Platonov, S. 88
103 Br. III, 298
104 Bunin, S. 82
105 Kleine Romane I, 78
105 Br. I, 266
107 Br. I, 300
108 Br. I, 327
109 Br. I, 322
110 Br. I, 309
111 Br. I, 298
112 Chronik, S. 122
113 Br. I, 408 f
114 Br. I, 413
115 Br. I, 311 f
116 Br. II, 40 f
117 Br. II, 22
118 Br. II, 108 f
119 Br. II, 121
120 Br. II, 162
121 Lit. nasl. S. 596
122 Br. II, 201
123 Br. II, 195 f
124 Br. II, 200
125 Br. II, 211 ff
126 Notizbücher, P. sobranie sočine- nij, Bd. 17, 70
127 Chronik, S. 151
128 Br. II, 220 f
129 Br. II, 227
130 Br. II, 229
131 Br. II, 230
132 Br. II, 234 f
133 Chronik, S. 158
134 Chronik, S. 166
135 Br. II, 281
136 Chronik, S. 165
137 Br. II, 286
138 Br. III, 25
139 Br. III, 10
140 Lit. nasl. S. 555
141 Lit. nasl. S. 580
142 Vokrug Čechova, S. 246
143 Br. III, 32
144 Br. III, 22
145 Br. III, 38
146 Br. III, 50 f
147 Kleine Romane II, 73
148 Kleine Romane II, 173
149 Br. III, 70, 69
150 Br. IV, 149
151 Br. III, 178
152 Br. II, 11
153 Br. IV, 133
154 Br. III, 133
155 Gorkij, Erinnerungen, S. 31
156 Br. IV, 223
157 Br. III, 299
158 Br. III, 296
159 Br. III, 294 f
160 Br. IV, 26
161 Br. IV, 38
162 Br. IV, 48
163 Lit. nasl. S. 523

164 Br. IV, 112 f
165 Br. III, 200 f
166 Br. III, 208 f
167 Br. III, 244
168 Br. III, 244 f
169 Br. IV, 209
170 *Die Möwe*, 34
171 *Die Möwe*, 31
172 Bunin, S. 89
173 Br. III, 387
174 Br. III, 246
175 Br. III, 269
176 *Der Waldschrat*, 23 f
177 *Onkel Vanja*, 10 u. 54
178 *Onkel Vanja*, 61
179 Serebrov, i. e. V. A. Tichonov: Čechov v vospominanijach sovremennikov, S. 481
180 Br. IV, 68 f
181 Br. IV, 81
182 Bunin, S. 92
183 A. I. Kuprin: Sobranie Sočinenij, Bd. VI, S. 544
184 Bunin, S. 83 f
185 Erzählungen 1897–1903, 348 f
186 Lit.nasl. S. 684
187 Notizbücher, S. 86
188 Br. IV, 152
189 Stanislavskij, S. 386
190 Br. IV, 244
191 Stanislavskij, S. 394
192 Stanislavskij, S. 395
193 Br. IV, 252
194 Br. IV, 162
195 Br. IV, 272
196 Br. IV, 259
197 Br. IV, 323
198 Br. V, 208
199 Br. V, 224 f
200 Stanislavskij, S. 399
201 Br. IV, 278
202 Br. IV, 291
203 Br. IV, 300
204 *Drei Schwestern*, 25
205 *Drei Schwestern*, 21
206 *Drei Schwestern*, 66 f
207 *Drei Schwestern*, 12
208 *Drei Schwestern*, 71
209 *Drei Schwestern*, 77 f
210 Br. IV, 307 f
211 Br. IV, 315
212 Stanislavskij, S. 459 f
213 Stanislavskij, S. 461
214 *Der Kirschgarten*, 54
215 *Der Kirschgarten*, 59
216 Chronik, S. 363
217 Zur Datierung: s. Anm. zur Zeittafel
218 Stanislavskij, S. 464 f
219 Chronik, S. 372
220 Gitovič, S. 809
221 Olga Knipper-Čechova, Vospominanija (Erinnerungen), Bd. I, S. 61 f
222 Ebd. S. 62
223 Gorkij, Erinnerungen, S. 24 f
224 Die Möwe, 34 f
225 Br. III, 172

Die Čechov-Texte werden nach der Diogenes-Ausgabe zitiert, s. Bibliographie «Werkausgaben», Nr. 7, 8, 9.

Zeittafel

1860 Am 17. Januar wird Anton Pavlovič Čechov als dritter Sohn des Kaufmanns
Pavel Egorovič Čechov in Taganrog geboren

1868 Čechov wird in der Griechischen Schule eingeschult

1869 Einschulung in das Gymnasium von Taganrog

1876 Der Vater flieht vor seinen Gläubigern nach Moskau, Anton bleibt allein im
ehemaligen Elternhaus zurück

1877 Čechov besucht seine Eltern in Moskau während der Osterferien

1879 Čechov legt die Abiturprüfung im Juni ab und bricht im August nach Moskau
auf, wo er sich für das Medizinstudium immatrikuliert

1880 In der Zeitschrift «Strekoza» erscheint eine Kurzgeschichte

1882 Beginn der Mitarbeit an der Zeitschrift «Oskolki», deren Herausgeber N. A.
Lejkin ist

1883 Im Dezember Beginn der medizinischen Abschlußprüfungen

1884 Im Juni wird ihm das Ärztediplom ausgehändigt. – Der erste Erzählungsband
Märchen der Melpomene erscheint. – Im Dezember treten erstmals Lungen-
blutungen auf

1885 Im Dezember erste Reise nach Petersburg, wo er Suvorin kennenlernt

1886 Im Januar bietet ihm Suvorin die Mitarbeit am «Novoe vremja» an. – Brief
von Grigorovič an Čechov, in dem er diesem «echtes Talent» bescheinigt. –
Im Mai reist die Familie auf das Gut Babkino in die Ferien

1887 Čechov schreibt den Einakter *Schwanengesang*. – Er fährt im April über
Charkov nach Taganrog und in die ukrainische Steppe. – Im September beginnt die Arbeit an *Ivanov* im Auftrag des Moskauer Theaterleiters Korš. –
Čechov wird Mitglied der Gesellschaft der russischen dramatischen Schriftsteller und Opernkomponisten. – 19. November: Uraufführung des *Ivanov*
in Moskau

1888 Beginn der Arbeit an der *Steppe*, die im März im «Severnyj vestnik» erscheint. – Im Mai reist Čechov mit seiner Familie nach Sumy in Südrußland,
um dort die Sommermonate zu verbringen. – Juni: reist auf den Spuren Go-
gols durch die Ukraine, trifft sich später mit Suvorin am Schwarzen Meer. –
August: Der Einakter *Der Bär* erscheint im «Novoe vremja». – Oktober:
Čechov erhält für seinen Erzählungsband *In der Dämmerung* den Puškin-
Preis. – *Der Bär* wird mit großem Erfolg in Moskau uraufgeführt

1889 Januar: Premiere des *Ivanov* in Petersburg. – Čechov arbeitet an der Komödie *Der Waldschrat*. – April: Čechov reist mit seinem schwerkranken Bruder
Nikolaj nach Sumy. Nikolaj Čechov stirbt am 17. Juni an Schwindsucht. –
Čechov «flieht» nach Odessa und Jalta, wo er mit der Arbeit an *Eine langweilige Geschichte* beginnt. – Im Oktober wird *Der Waldschrat* beendet.

141

- Im Dezember Uraufführung des *Waldschrat* in Moskau, die ein totaler Mißerfolg wird

1890 Abreise nach Sachalin am 21. April. – Rückkehr aus Sachalin nach Moskau am 8. Dezember

1891 Im Januar fährt Čechov für drei Wochen nach Petersburg. – Čechov reist im März mit Suvorin nach Italien und Paris, von wo er Ende April nach Moskau zurückkehrt. – Hungersnot im Gouvernement Nižnij Novgorod, wo Čechov eine Hilfsorganisation in die Wege leitet, desgleichen im Gouvernement Voronež. – Čechov kauft im Februar das Gut Melichovo im Kreis Serpuchov südlich von Moskau

1892 Im Juli droht eine Cholera-Epidemie im Gebiet von Serpuchov, gegen die Čechov als Zemstvo-Arzt erfolgreiche Vorbeugemaßnahmen einleitet

1893 Im Dezember Reise nach Petersburg, wo er sich mit verschiedenen Schriftstellern und Malern trifft. – Im Juli übernimmt die Zeitschrift «Russkaja mysl» die ersten Kapitel des Sachalin-Berichts zum Abdruck

1894 Čechov reist im März für einen Monat nach Jalta. – September: Reise nach Oberitalien und Nizza mit Suvorin

1895 Im Mai erscheint *Die Insel Sachalin* in Buchform im Verlag Russkaja mysl.– Anfang August ist Čechov Gast von Tolstoj auf dessen Gut Jasnaja Poljana. – Oktober: Beginn der Arbeit an der *Möwe*, die im Dezember beendet wird

1896 Čechov baut eine Schule in der Nähe von Melichovo, in Talež. – Im Oktober fährt Čechov nach Petersburg und übergibt dort Suvorin die Manuskripte der *Möwe* und des bis dahin verheimlichten *Onkel Vanja* für eine Buchausgabe in dessen Verlag. – 17. Oktober: Uraufführung der *Möwe* im Aleksandra-Theater, die ein spektakulärer Mißerfolg wird. Daraufhin kehrt Čechov eilig nach Melichovo zurück

1897 Im März trifft sich Čechov mit Suvorin in Moskau, erleidet mehrere sehr heftige Anfälle von Lungenbluten und muß sich in eine Klinik einweisen lassen. Tolstoj besucht ihn am 28. März in der Klinik. – Nach der Entlassung erste Pläne, sich ganz auf der Krim niederzulassen. – Abreise nach Biarritz im August, anschließend weitere Aufenthalte in Frankreich, die sich über den ganzen Winter hinziehen, längere Zeit verweilt er in Nizza (in der Pension russe), wo ihm das Klima besonders zuträglich erscheint. Verfolgt von hier aus Zolas Bemühungen um die Freilassung des Offiziers Dreyfus

1898 Čechov reist über Paris und Petersburg im April nach Moskau zurück. – Im Mai erreicht ihn in Melichovo die Bitte von Nemirovič-Dančenko, dem Moskauer Künstler-Theater *Die Möwe* zur Aufführung zu überlassen, im September wohnt er dort einer Probe des ersten Aktes bei. – Mitte September reist er nach Jalta, um dort den Winter zu verbringen, und kauft im Oktober ein Grundstück in Autka, südlich von Jalta. – 17. Dezember: Premiere der *Möwe* im Künstler-Theater, die ein überwältigender Erfolg wird

1899 Im Januar tritt Čechov in Verhandlungen mit dem Verleger Marks ein, der die Rechte an dessen Werk für 75000 Rubel erwirbt. Für eine geplante Gesamtausgabe arbeitet er viele frühe Erzählungen um. – Im März trifft er sich in Jalta mit Maksim Gorkij. – Im Mai führt das Künstler-Theater eigens für Čechov *Die Möwe* (ohne Kulissen) auf; gleichzeitig nimmt er an den Proben zu *Onkel Vanja* teil. – Im Juli reist er mit der Schauspielerin Olga Knipper nach Jalta. – 26. Oktober: Premiere des *Onkel Vanja*, an der Čechov aber nicht teilnimmt. Regie führen Nemirovič-Dančenko und Stanislavskij

1900 Im Januar wird Čechov zum Mitglied der Sektion Schöngeistige Literatur bei der Akademie der Wissenschaften (mit Sitz in Petersburg) gewählt. – Im April unternimmt das Künstler-Theater eine Tournee durch verschiedene Städte am Schwarzen Meer. Čechov sieht Aufführungen seiner Stücke und auch die anderer Autoren in Odessa und Jalta. – Im August beginnt er mit der Arbeit an *Drei Schwestern*. – Am 11. Dezember reist er wieder nach Nizza, wo er kontinuierlich an seinem neuen Stück weiterarbeitet, dessen letzten Akt er Ende Dezember nach Moskau schickt

1901 Im Januar reist Čechov nach Italien, wo ihn ein Telegramm über die erfolgreiche Uraufführung der *Drei Schwestern* (am 31. Januar im Künstler-Theater) erreicht, im Februar reist er nach Jalta zurück. – Im Mai heiratet Čechov Olga Knipper und reist anschließend mit ihr zu einer Kur im Gouvernement Ufa. – Im August setzt Čechov sein Testament auf, um den Unterhalt für seine Mutter und seine Schwester im Falle seines Todes sicherzustellen. Čechovs Schwester Marja hatte offenbar diesbezüglich nach seiner Eheschließung Bedenken geäußert. – Čechov fährt im September für sechs Wochen nach Moskau

1902 Čechov tritt wieder aus der Akademie der Wissenschaften aus, weil auf Wunsch des Zaren Maksim Gorkij exmittiert worden war. – Verbringt den Julimonat auf Stanislavskijs Landgut bei Moskau, zusammen mit seiner Frau, die nach einer Fehlgeburt sehr krank geworden war und nun einen längeren Erholungsurlaub nimmt

1903 Im Februar beginnt Čechov mit der Arbeit an seinem neuen Stück *Der Kirschgarten*. – Im April fährt Čechov nach Moskau, wo sein dortiger Arzt ihm rät, die Wintermonate zukünftig in Moskau zu verbringen. – Nach der Rückkehr nach Jalta schickt er im Oktober das Manuskript des *Kirschgarten* nach Moskau. Im Dezember reist er selber dorthin und nimmt fast täglich an den Proben teil

1904 Am 17. Januar (Čechovs Geburtstag) wird aus Anlaß der Uraufführung des *Kirschgarten* eine Jubiläumsfeier für den Autor inszeniert, die Čechovs 25. Jubiläum als Schriftsteller gilt. – Mitte Februar reist er nach Jalta zurück, um dann im Mai zusammen mit seiner Frau über Moskau nach Deutschland zu fahren, u. a. nach Badenweiler, wo er sich einer Kur unterziehen soll. – Am 2.* Juli stirbt Čechov im «Hotel Sommer» zu Badenweiler nach mehreren Herzanfällen. – Am 10. Juli Beerdigung auf dem Novo Devičje-Friedhof in Moskau

N. B.: Alle in dieser Monographie angegebenen Daten beziehen sich auf die russische Zählung, da nach ihr Briefe und Notizen datiert sind

* Dieses Datum ergibt sich aus der russischen Datierung nach dem julianischen Kalender, nach dem in Rußland bis zum Jahre 1918 gerechnet wurde. Er lag damals um 13 Tage vor dem in Deutschland gebrauchten zurück, so daß die Eintragung des deutschen Standesbeamten zu Čechovs Tod auf den 15. Juli datiert ist.

Zeugnisse

Habe Čechovs «Dame mit dem Hündchen» gelesen. Das ist alles Nietzsche. Menschen, die sich nicht zu einer klaren, Gut und Böse trennenden Weltanschauung durchgerungen haben. Früher hatten sie Angst und suchten; jetzt aber glauben sie jenseits von Gut und Böse zu stehen und bleiben daher auf dieser Seite, das heißt nahezu Tiere.

Lev Tolstoj (1900)

Mögen seine Helden Unsinn reden, essen, schlafen, in ihren vier Wänden leben und auf schmalen grauen Pfaden wandeln –, man fühlt doch in seinem Innersten, daß diese grauen Pfade – die Pfade des ewigen Lebens sind, und daß es dort keine vier Wände gibt, wo ewige, unerforschte Räume liegen ... Man weiß ganz sicher, daß, wenn man diese grauen Pfade immer weiter und weiter verfolgt, dort, wo das Abendrot leuchtet, ein Abglanz des Überirdischen und Ewigen ruht.

Andrej Belyj (1905)

Čechov leuchtet in der Plejade großer europäischer Dramatiker als ein Stern erster Größe.

George Bernard Shaw (1907)

Seit Čechov hat kein Schriftsteller mehr das Recht zu sagen: Es gibt keine Themen ... Das wirre Leben der aufwuchernden Städte hat neuartige, flinke Menschen auf den Plan gerufen und gefordert, der raschen Betriebsamkeit auch einen Rhythmus zuzuordnen, welcher da Worte entstehen läßt. Und siehe, statt der Perioden aus Dutzenden von Sätzen erscheinen nun Sätze aus wenigen Worten ... Die Sprache Čechovs ist bündig, entschieden wie ‹Guten Tag› und einfach wie ‹Geben Sie mir ein Glas Tee›. Daher liest sich ... jede seiner Zeilen wie eine ganze Geschichte.

Vladimir Majakovskij (1914)

Er ist der subtilste Analytiker menschlicher Beziehungen. Wenn wir diese ‹Geschichten über Fast-nichts› lesen, weitet sich unser Horizont, und wir gewinnen einen erstaunlichen Sinn für die Freiheit.

Virginia Woolf (1925)

Sein ganzes Leben lang ist Čechov sich selbst treu geblieben, stets war er innerlich frei und unabhängig, nie hat er auf das Rücksicht genommen, was die andern von Anton Čechov erwarteten oder gar forderten. Er war ein Feind aller Gespräche über sogenannte «höhere» Fragen, mit denen der gute «russische Mensch» sich gar zu gern tröstet und erquickt, wobei er nur das eine vergißt, daß es lächerlich ist und durchaus nicht geistreich, über die Samtkostüme der Zukunft zu disputieren, wenn man in der Gegenwart nicht einmal ein Paar ordentliche Hosen am Leibe hat.

Maksim Gorkij (1928)

Er bemühte sich, einfach, klar und knapp zu schreiben. Seine drastischste Forderung war, daß der Schriftsteller Anfang und Ende seiner Erzählung weglassen sollte. Er selbst hat das getan, und zwar so rigoros, daß seine Freunde sagten, man solle ihm die Manuskripte wegschnappen, bevor er die Möglichkeit habe, sie zu verstümmeln: «Sonst beschränken sich am Ende seine Erzählungen darauf, daß sie jung waren, sich verliebten, heirateten und unglücklich wurden.» Als man das Čechov erzählte, sagte er: «Aber so ist es doch tatsächlich!»

Somerset Maugham (1949)

Dies Dichtertum hat es mir angetan. Seine Ironie gegen den Ruhm, sein Zweifel an Sinn und Wert seines Tuns, der Unglaube an seine Größe hat von stiller, bescheidener Größe so viel. [...] und die Arbeit, die treue, unermüdliche Arbeit bis ans Ende, in dem Bewußtsein, daß man auf die letzten Fragen ja doch keine Antwort wisse, mit dem Gewissensbiß, daß man den Leser hinters Licht führe, bleibt ein seltsames Trotzdem. [...] man arbeitet dennoch, erzählt Geschichten und formt die Wahrheit in der dunklen Hoffnung, fast in der Zuversicht, daß Wahrheit und heitere Form wohl seelisch befreiend wirken und die Welt auf ein besseres, schöneres, dem Geiste gerechteres Leben vorbereiten können.

Thomas Mann (1956)

Nicht nur an seiner Menschenkenntnis, auch an seinem Stil merkt man, daß Čechov Arzt war. Anders hätte er wohl nicht eine so messerscharfe, analytische, exakte Prosa schreiben können.

Konstantin Paustovskij (1967)

Gleichzeitig beobachte ich, wie Čechov schlicht und deutlich, wenn auch nicht ganz so erbarmungslos wie Flaubert, die Demütigungen und das Versagen und, am schlimmsten, die Zerstörungswut jener freilegt, die einen Ausweg suchen aus diesem Korsett von Beschränkungen und Konventionen, die auszubrechen trachten aus der alles durchdringenden Langeweile und der würgenden Verzweiflung, aus peinigenden ehelichen Situationen und der endemischen gesellschaftlichen Falschheit, und hinein wollen in das, was sie für das pulsierende und begehrenswerte Leben halten.

Philip Roth (1975)

Bibliographie

1. Werkausgaben, russisch

Sočinenija [Werke], 10 Bde., S.-Petersburg, A. F. Marks, 1899–1902
Sočinenija, Beilage zur Zeitschrift ‹Niva› auf das Jahr 1903, 16 Bde., S.-Petersburg, A. F. Marks, 1903
Pis'ma [Briefe], Hg. v. M. P. ČECHOVA, 6 Bde., Moskva, 1912–1916
Polnoe sobranie sočinenij [Gesamtausgabe], Hg. v. A. V. LUNAČARSKIJ und S. D. BALUCHATYJ, 12 Bde., Moskva–Leningrad, 1930–1933
Polnoe sobranie sočinenij i pisem [Gesamtausgabe der Werke und Briefe], Hg. v. S. D. BALUCHATYJ, V. P. POTËMKIN, N. S. TICHONOV, A. M. EGOLIN und N. I. GITOVIČ, 20 Bde., Moskva, OGIZ, 1944–1951
Sobranie sočinenij v 12-i tomach [Gesammelte Werke in 12 Bänden]. Hg. v. V. V. ERMILOV, K. D. MURATOVA, Z. S. PAPERNYJ und A. I. REVJAKIN, Moskva, GIChL, 1954–1957, ²1960–1964
Polnoe sobranie sočinenij i pisem, 30 Bde., Hg. v. N. F. BELČIKOV, u. v. a., Moskva, Nauka, 1974 ff.

2. Werkausgaben, deutsch

Anton Tschechoff, Gesammelte Werke, 5 Bde., übersetzt von Wladimir Czumikow und M. Budimir, Leipzig 1900–1904
Anton Tschechow, Ausgewählte Werke, 2 Bde., übersetzt von C. Berger, Leipzig–Berlin 1901–1902
Anton Tschechow, Romane und Novellen, 5 Bde., übersetzt von W. Czumikow, Korfiz Holm und Alexander Eliasberg, Hg. v. ALEXANDER ELIASBERG, München 1919–1920
Anton Tschechow, Werke in drei Bänden, Hg. u. übersetzt von JOHANNES VON GUENTHER, Hamburg–München 1963
Anton Tschechow, Gesammelte Werke in (acht) Einzelbänden. Hg. v. GERHARD DICK und WOLF DÜWEL, übersetzt von G. Dick, Ada Knipper, W. Düwel, Georg Schwarz, Michael Pfeiffer und Hertha von Schulz, Berlin 1964–1968
Anton Tschechow, Gesammelte Werke in vier Einzelbänden, ein Band Briefe. Hg. v. GERHARD DICK und WOLF DÜWEL, München 1968–1971
Anton Čechov, Das dramatische Werk. Hg. und neu übersetzt von PETER URBAN, Zürich 1973
Anton Čechov, Das erzählerische Werk. Hg. und mit Anmerkungen von PETER URBAN, Lizenzausgabe des Winkler Verlages, Zürich 1976

146

Anton Čechov, Briefe in fünf Bänden. Hg. und übersetzt von PETER URBAN, Zürich 1979

Anton Tschechows Stücke, übersetzt und bearbeitet von THOMAS BRASCH, Frankfurt a. M. 1985

Anton Čechov, Das Drama auf der Jagd/Eine wahre Begebenheit. Roman. Aus dem Russischen von Peter Urban, Zürich 1985

Anton Čechov, Ein unnötiger Sieg. Frühe Novellen und kleine Romane. Übersetzt von BEATE RAUSCH und PETER URBAN, Zürich 2000

Anton Čechov, Angst/Sieben Geschichten von der Liebe. Neu übersetzt von PETER URBAN, Berlin 2000

Anton Čechov, Die Geschichte einer Reise. Neu übersetzt von PETER URBAN, Berlin 1999

3. Einzelausgaben, russisch

Čechov, A. P., Novye pis'ma [Neue Briefe]. Hg. v. B. L. MODZALEVSKIJ, Petrograd 1922

Čechov, A. P., Zaterjannye proizvedenija, neizdannye pis'ma, vospominanija [Verlorengegangene Werke, nichteditierte Briefe, Erinnerungen]. Hg. v. M. D. BELJAJEV und A. S. DOLININ, Leningrad 1925

Čechov, Neizdannye pis'ma [Nichtedierte Briefe]. Hg. v. E. E. LEJTNEKKER, Moskva–Leningrad 1930

Čechov, A. P.–O. L. Knipper, Perepiska A. P. Čechova i O. L. Knipper [Briefwechsel A. P. Čechovs mit O. L. Knipper]. Hg. v. A. B. DERMAN, 2 Bde., Moskva 1934, 1936

KONŠINA, E. N. (Hg.): Iz archiva A. P. Čechova. Publikacii [Aus dem Archiv A. P. Čechovs. Publikationen], Moskva 1960

4. Nachschlagewerke, Chroniken, russisch

ANDREEVSKIJ, I. E., u. a.: Enciklopedičeskij slovar' [Enzyklopädisches Wörterbuch], 82 Bde., S.-Petersburg, F. A. Brockhaus und I. A. Efron, 1890–1904, 4 Suppl.-Bde. 1905–1907

BJALIK, B. A.: Russkaja literatury konca XIX – načala XX v. Devjanostye gody [Die russische Literatur Ende des XIX./Anfang des XX. Jahrhunderts. Neunziger Jahre], Moskva 1968

BOJARSKIJ, J. O.: Moskovskij Chudožestvennyj Teatr v. illjustracijach i dokumentach [Das Moskauer Künstlertheater in Illustrationen und Dokumenten], 1898–1938, Moskva 1938

GITOVIČ, N. I.: Letopis' žizni i tvorčestva A. P. Čechova [Chronik von Leben und Werk A. P. Čechovs], Moskva 1955

SURKOW, A. A., u. a.: Kratkaja literaturnaja énciklopedija [Kurze Enzyklopädie der Literatur], 8 Bde., Moskva, ‹Sovetskaja énciklopedija›, 1962–1975, 1. Suppl.-Bd. 1978

5. Materialien, Briefe, Memoiren

ABALKIN, N. (Hg.): Malyj teatr SSSR, 1824–1974, [Das Kleine Theater (Moskau)], Band I: 1824–1917, Moskau, Vserossijskoe teatral'noe obščestvo, 1978

BELČIKOV, N. F. (Hg.): Čechov i ego sreda [Čechov und seine Umgebung], Sammelband, Leningrad 1930

BENEDETTI, JEAN (Hg.): Mein ferner, lieber Mensch. Anton Tschechow und Olga Knipper, Liebesbriefe, Frankfurt 1998

BUNIN, I. A.: Vospominanija, Pariž 1950

Čechov, M. P.: Vokrug Čechova. Vstreči i vpečatlenija [Rund um Čechov. Begegnungen und Eindrücke]. Hg. v. M. P. SOKOLNIKOV, Moskva 1933, 2. Aufl. Hg. v. E. Z. BALABANOVIČ und S. M. ČECHOV, Moskva 1960

Čechov, A. P., Pis'ma A. P. Čechovu ego brata Aleksandra Čechova [Briefe an A. P. Čechov von seinem Bruder Aleksandr], hg. v. I. S. EŽOV, Moskva 1939

Čechov, S. M.: O sem'e Čechovych. M. P. Čechov v Jaroslavle [Über die Familie Čechov. M. P. Čechov in Jaroslavl], Jaroslavl 1970

ČECHOVA, M. P.: Pis'ma k bratu A. P. Čechovu [Briefe an meinen Bruder A. P. Čechov], Moskva 1954

ČECHOVA, M. P.: Iz dalekogo prošlogo [Aus der fernen Vergangenheit], Moskva 1960

DERMAN, A. B. (Hg.): A. P. Čechov. Sbornik dokumentov i materialov [Sammelband von Dokumenten und Materialien], Moskva 1947

GITOVIČ, N. I. (Hg.): Čechov v vospominanijach sovremennikov [Čechov in Erinnerungen von Zeitgenossen], 2. Aufl. Moskva 1954, 3. erw. Aufl. Moskva 1986

GORKI, MAXIM: A. P. Tschechow, Berlin 1951; dass. in: M. Gorki, Erinnerungen an Zeitgenossen, Frankfurt a. M. 1962

HIRSCHMANN, MAURICE, Anton Pawlowitsch Tschechow, Leben und Werk. Nach russischen Quellen bearbeitet und mit einem Vorwort, Wien 1947

Knipper-Čechova, O. L., Vospominanija i stat'i. Perepiska s A. P. Čechovym [Erinnerungen und Aufsätze. Briefwechsel mit A. P. Čechov], 1902–1904. Hg. v. V. JA. VILENKIN und N. I. GITOVIČ, Moskva 1972

KUPRIN, ALEKSANDR: Sobranie sočinenij v šesti tomach, Moskva 1957f.

LEJKIN, N. A.: N. A. Lejkin v ego vospominanijach i perepiske [N. A. Lejkin in seinen Erinnerungen und Briefen], S.-Petersburg 1907

LEY, ALEXANDER VON DER: Anton P. Tschechow, Mensch und Dichter, Jubiläumsausgabe zum 100. Geburtstag 1960. Deutsche Übertragung, Darstellung von Anton P. Tschechows Leben und Einführung in seine Werke, München 1960

Literaturnoe nasledstvo [Literarisches Erbe], Band Nr. 68, Moskva, Izdatelstvo Akademii Nauk SSSR, 1960

Literaturnoe nasledstvo, Band 87, Moskva, AN SSSR, 1977

MEJERCHOLD, V. E.: Stat'i, pis'ma [Aufsätze, Briefe], Band I: 1891–1917, Moskva 1968

NEMIROVIČ-DANČENKO, V. I.: Iz prošlogo [Aus der Vergangenheit], Moskva 1938

STANISLAVSKIJ, K. S.: Moja žizn' v iskusstve [Mein Leben in der Kunst], Moskva 1933, 2. Aufl. 1962; dass. deutsch, Berlin 1951

STANISLAVSKIJ, K. S.: Čajka v postanovke MChT. Režisserkaja partitura K. S. Stanislavskogo [Die Möwe in der Inszenierung des Künstlertheaters. Regie-Partitur K. S. Stanislavskijs]. Hg. v. S. D. BALUCHATYJ, Moskva–Leningrad 1938

STANISLAVSKIJ, K. S.: Pis'ma [Briefe], 2 Bde., Moskva 1960–1961

STANISLAVSKIJ, K. S.: Briefe. Hg. und übersetzt von HEINRICH SCHNAKENBURG und HARRO LUCHT, Berlin 1975

SUVORIN, A. S.: Dnevnik [Das Tagebuch]. Hg. v. M. KRIČEVSKIJ, Moskva–Petrograd 1923

SSUWORIN, A. S.: Das Geheimtagebuch. Hg. und übersetzt von Dr. OTTO BUEK und Dr. KURT KERSTEN, Berlin 1925

TEPLINSKIJ, M. V. (Hg.): Anton Pavlovič Čechov. Sbornik statej [Sammelband v. Aufsätzen], Južno-Sachalinsk 1959

URBAN, PETER: Čechov Chronik, Daten zu Leben und Werk, Zürich 1981

VIDUĖCKAJA, I. P.: A. P. Čechov i ego izdatel' A. F. Marks [A. P. Čechov und sein Verleger A. F. Marks], Moskva 1977

Anton Čechov: Sein Leben in Bildern. Hg. von PETER URBAN, Zürich 1987

6. Untersuchungen

AUZINGER, H.: Die Pointe bei Čechov, Kempten 1956, Diss. München

BALUCHATYJ, S.: Probleme der Dramenanalyse, München 1969

BASLER, F.: Gogol und Čechov, Berlin, Diss. 1956

BEDNARZ, K.: Theatralische Aspekte der Dramenübersetzung, dargestellt am Beispiel von deutschen Übertragungen und Bühnenbearbeitungen der Dramen Anton Čechovs, Wien, Diss., 1969

BERDNIKOV, G.: Ide' nije i tvorčeskije iskanija, 3. Aufl., Moskva 1984

BERDNIKOV, G.: Izbrannye raboty v dvuch tomach, Moskva 1986

BERRICELLI, JEAN-PIERRE: Chekhov's Great Plays/A Critical Antology, New York–London 1981

BICILLI, P. M.: Anton P. Čechov. Das Werk und sein Stil. Hg. u. übersetzt von V. SIEVEKING, München 1966

BJALYJ, G.: Čechov i russkij realizm/očerki, Leningrad 1981

CLYMAN, TOBY W. (Hg.): A Chekhov Companion, Westport–London 1985

ČUDAKOV, ALEKSANDR P.: Mir Čechova, Moskva 1986

ČUDAKOV, A. P.: Mir Čechova, Vozniknovenie i utverždenie, Moskva 1986

ČUDAKOV, A. P.: Anton Pavlovič Čechov, Moskva 1987

DICK, G.: Čechov in Deutschland, Berlin, Diss., 1956

DÜWEL, W.: Anton Tschechow. Dichter der Morgendämmerung, Halle 1961

EEKMAN, T. A. (Hg.): Anton Čechov. Some Essays, Leiden 1960

ELIZAROVA, M.: Tvorčestvo Čechova i voprosy realizma konca XIX. veka [Das Schaffen Čechovs und das Problem des Realismus am Ende des 19. Jahrhdts.], Moskva 1958

EMELJANOV, VIKTOR (Hg.): Chekhov/The Critical Heritage, London–Boston, 1981

FISCHER, P.: Tschechow. Leben und Werk, Halle 1953

GILLÈS, DANIEL: Tschékhov ou le spectateur désenchanté, Paris 1967

GINZBURG, NATALIA: Anton Čechov: ein Leben, Berlin 1990

GRUBER, G.: Das Stimmungsdrama Anton P. Čechovs, Wien, Diss., 1950

GÜNTHER-HIELSCHER, KARLA: Tschechow – eine Einführung, München 1987

GURVIČ, I.: Proza Čechova, Moskva 1970

HABECK-ADAMECK, ANNE: Ein Augenblick ist mein gewesen, München 1979

HALM, H.: Anton Tschechows Kurzgeschichten und deren Vorläufer, Weimar 1933

HIELSCHER, K.: Tschechow. Eine Einführung, München und Zürich 1987

HINGLEY, R.: Chekhov. A Biographical and Critical Study, London 1955

HINGLEY, R.: A New Life of Chekhov, London 1976

JERMILOW, W.: Tschechow, Berlin 1951

KARLINSKY, SIMON: Anton Chekhov's Life and Thought. Berkeley and Los Angeles 1973

KATAEV, V. B.: Proza Čechova, Problemy interpretacii. Izdatelstvo Moskovskogo universiteta [Die Prosa Čechovs/Probleme der Interpretation] Moskva 1979

KATAEV, V. B.: Literaturnye svjazi Čechova, Moskva 1989

KLUGE, ROLF-DIETER (Hg.): Anton P. Čechov: Werk und Wirkung: Vorträge und Diskussionen eines internationalen Symposions im Oktober 1985, Wiesbaden 1990

KLUGE, R.-D.: Anton P. Čechov. Eine Einführung in Leben und Werk, Darmstadt 1995

KROPOTKIN, P.: Tschechow, in: Ideale und Wirklichkeit in der russischen Literatur, Leipzig 1906, 2. Aufl., Frankfurt a. M. 1975

LAFITTE, S.: Tchekhov, Paris 1955

LANGE, H.: Dramen über die Entstehung der Grundrente, in: Die Revolution als Geisterschiff, Reinbek 1973

MAGARSHAK, D.: Chekhov. A Life, London 1952

MALJUGIN, LEONID A.: Čechov: povest'-chronika, Moskva 1983

MANN, THOMAS: Altes und Neues. Kleine Prosa aus fünf Jahrzehnten, Frankfurt a. M. 1953

MAYER, H.: Ein Beitrag zur Analyse der Čechovschen Erzählkunst, Innsbruck, Diss., 1962

MEISTER, C. W.: English and American Criticism on Chekhov, Chicago. Diss., 1948

MELCHINGER, S.: Anton Tschechow, Velber 1968, 2. Aufl., München 1974

MIRSKY, NILLY: Erzähltechnische Behandlung weltanschaulicher Probleme im Werk Čechovs, MA-Arbeit der Universität München, 1975

NEMIROVSKIJ, I.: La vie de Tchekov, Paris 1946

PAILER, W.: Die frühen Dramen Gorkijs in ihrem Verhältnis zum dramatischen Schaffen A. P. Čechovs, München 1978

RAYFIELD, DONALD: Chekhov/The Evolution of his Art, London 1975

SAUNDERS, B.: Tchekhov the Man, London 1960

SCHEIBITZ, CH.: Mensch und Mitmensch im Drama Anton Tschechows. Analyse der Dialogtechnik, Göppingen 1972

SCHMID, H.: Strukturalistische Dramenanalyse. Semantische Analyse von Čechovs «Ivanov» und «Der Kirschgarten», Kronberg 1973

SELGE, G.: Anton Tschechows Menschenbild, München 1970

SIMMONS, E. J.: Chekhov. A Biography, Boston–Toronto 1962

STYAN, J. L.: Chekhov in Performance. A Commentary on the Major Plays, Cambridge 1971

SZONDI, P.: Theorie des modernen Dramas, Frankfurt 1959, 2., revidierte Aufl., Frankfurt 1963

TRAUTMANN, R.: Turgenev und Čechov. Ein Beitrag zum russischen Geistesleben, Leipzig 1948

TRIOLET, E.: L'histoire d'Anton Tchekhov. Sa vie, son œuvre, Paris 1954

TROYAT, H.: Tschechow. Leben und Werk, übers. von Christian D. Schmidt, Stuttgart 1987

TURKOV, ANDREJ M.: Anton Pavlovič Čechov i ego vremja, Moskva 1980

Über Čechov. Hg. von PETER URBAN, Zürich 1988

UHLMANN, A. M.: Anton Tschechow. Sein Leben in Bildern, Leipzig 1956

WÄCHTER, TH.: Die künstlerische Welt in den späten Erzählungen Čechovs, Frankfurt a. M. 1991

WETZLER, B.: Die Überwindung des traditionellen Frauenbildes im Werk Anton Čechovs (1886–1903), Frankfurt a. M. 1992

ZABEL, E.: Anton Tschechow, in: Russische Kulturbilder, 2. Aufl. Berlin 1907

Namenregister

Die kursiv gesetzten Zahlen bezeichnen die Abbildungen

Über die Autorin

Elsbeth Wolffheim, Jahrgang 1934, studierte Germanistik und Slawistik. Promotion 1960. Seither Mitarbeiterin bei Rundfunk und Fernsehen und verschiedenen Zeitschriften. Literaturkritische Beiträge vor allem über deutsche Exilschriftsteller. 1979 erschien «Die Frau in der sowjetischen Literatur 1917–1977», eine wissenschaftliche Untersuchung über die literarische Spiegelung der emanzipatorischen Bemühungen in der UdSSR. Mitglied des PEN seit 1988. Bei Rowohlts Monographien erschien 1989 der Band «Hans Henny Jahnn» (rm 432).

Quellennachweis der Abbildungen

Aus Alexander von Neuhoff von der Ley: Anton P. Tschechow, Mensch und Dichter: 11, 15, 20, 31, 72, 73, 85 u. 92, 98, 116
Archiv für Kunst und Geschichte (Sammlung Historia-Photo) 32/33
Aus: Siegfried Melchinger, Tschechov: 57, 106
Ullstein-Bilderdienst, Berlin: 70/71
Photohaus Haarstick, Werner Vollmer, Badenweiler: 134

Alle übrigen Bildvorlagen wurden aus dem Archiv des Verlages Éditions du Seuil zur Verfügung gestellt.

rowohlts monographien

Ein Gesamtverzeichnis der Reihe *rowohlts monographien* finden Sie in der *Rowohlt Revue*. Vierteljährlich neu. Kostenlos in Ihrer Buchhandlung. Rowohlt im Internet: www.rowohlt.de

rowohlts monographien

Weitere Informationen in der **Rowohlt Revue**, kostenlos im Buchhandel, und im **Internet:** www.rororo.de

rowohlts monographien
Begründet von Kurt Kusenberg, herausgegeben von Wolfgang Müller und Uwe Naumann.

Ingmar Bergman
dargestellt von Eckhard Weise
(50366)

Luis Buñuel
dargestellt von
Michael Schwarze
(50292)

Mary Wigman
Gabriele Fritsch-Vivié

Charlie Chaplin
dargestellt von
Wolfram Tichy
(50219)

Walt Disney
dargestellt von
Reinhold Reitberger
(50226)

Eleonora Duse
dargestellt von Doris Maurer
(50388)

Federico Fellini
dargestellt von
Michael Töteberg
(455)

Gustaf Gründgens
dargestellt von
Heinrich Goertz
(315)

Alfred Hitchcock
dargestellt von
Bernhard Jendricke
(420)

Fritz Kortner
dargestellt von Peter Schütze
(531)

Ernst Lubitsch
dargestellt von
Herta-Elisabeth Renk
(50502)

Marilyn Monroe
dargestellt von
Ruth-Esther Geiger
(50507)

Pier Paolo Pasolini
dargestellt von
Otto Schweitzer
(50354)

Karl Valentin
dargestellt von
Michael Schulte
(50144)

Mary Wigman
dargestellt von
Gabriele Fritsch-Vivié
(50597)

rowohlts monographien

Ein Gesamtverzeichnis der Reihe *rowohlts monographien* finden Sie in der *Rowohlt Revue*. Vierteljährlich neu. Kostenlos in Ihrer Buchhandlung.
Rowohlt im Internet:
www.rowohlt.de